Claudia Haase

Rendezvous mit einer Burgruine

Bibliografische Information der Deutschen Nationalbibliothek:
Die Deutsche Nationalbibliothek verzeichnet diese
Publikation in der Deutschen Nationalbibliografie; de-
taillierte bibliografische Daten sind im Internet über
http://dnb.dnb.de abrufbar.

Lektorat & Korrektorat: Senta Herrmann

Herstellung und Verlag: BoD – Books on Demand,
Norderstedt

Cover: Comet #21892, BookCoverZone.com, Design by
Diren Yardimli

ISBN: 978-3-7568-3965-0

Inhaltsverzeichnis

Kapitel 1 - Vorfreude

Es war klirrend kalt, aber die Sonne strahlte mit ihrer ganzen Kraft vom Himmel und hüllte die alte Ruine der Burg Sturmstein in gleißendes Licht. Vergnügt genoss Babsi den Ausflug mit ihrer Frau Theodora. Nicht oft kam es vor, dass diese sich von ihrer Arbeit loseiste und zu einem Spaziergang überreden ließ. Schon gar nicht im verschneiten Zitadellenpark vor den Toren der Stadt. Ihre Versuche, dem zu entgehen, klangen Babsi noch in den Ohren: »Ich möchte lieber Zuhause entspannen. Mit dem Auto bei diesem Wetter, wirklich?«

Aber irgendwie hatte sie Theodora doch vor die Tür gekriegt. Die Runde durch den Park war eine schöne Einstimmung für die nahende Weihnachtszeit. Vor den Feiertagen würden sie mit ihrer Tochter Hannah den ersten gemeinsamen Kurzurlaub verbringen. Babsi freute sich darauf, die schneereiche Gegend um Bergfels mit ihren beiden Liebsten unsicher zu machen. In den anderthalb Jahren, die Babsi mit Theodora zusammen war, hatte es keine Gelegenheit für eine Reise gegeben. Den nach ihrer Hochzeit vor ein paar Monaten geplanten und heiß ersehnten ersten gemeinsamen Sommerurlaub hatten sie immer wieder verschieben und letztendlich

streichen müssen. Es war Theodoras Vorschlag gewesen, nach Bergfels zu fahren und das Schloss
und den dortigen Weihnachtsmarkt zu besuchen,
über den sie eine Fotostory herausbringen wollte.
*Wer weiß, ob Hannah in den nächsten Jahren überhaupt
noch ohne Gemurre mit uns verreisen wird,* dachte
Babsi. Bald würde ihre fast 15-jährige Tochter bestimmt lieber mit ihren Freundinnen wegfahren.

Babsi schaute zu Burg Sturmstein hinüber. Sicher konnte sie nicht mit dem imposanten Schloss
ihres Urlaubsortes mithalten, doch die dicken, teils
eingefallenen Mauern boten trotzdem eine ein-
drucksvolle Kulisse. Die Eiszapfen, die vor den
Maueröffnungen hingen, sahen aus wie Gardinen-
zipfel und ließen das Gemäuer einladend und gemütlich aussehen. Für einen Moment stellte Babsi
sich vor, wie es wäre, innerhalb des Gewölbes an
einem reich gedeckten Tisch Platz zu nehmen. Sie
träumte von einem von Kerzen hell erleuchteten
Saal und melodischer Harfenuntermalung. Seuf-
zend kuschelte sie sich an Theodoras warmen
Kaschmirmantel.

»Ein Wunder, dass Burg Sturmstein noch nicht
plattgemacht wurde, damit ein Immobilienhai
Wohnungen auf dem Grundstück bauen kann«,

staunte Babsi. »Die Aussicht von hier über den Park und auf die Stadt ist doch phänomenal. Die könnten Mieten verlangen ...«

»Es ist nur eine Burgruine und keine gut erhaltene Burg. Wahrscheinlich gehört das Grundstück mehreren Personen und die Eigentumsverhältnisse sind unklar«, vermutete Theodora.

»Ob irgendwelche Könige oder Fürsten darin gewohnt haben?« Babsi summte nachdenklich. »Vielleicht gehört sie ja den Nachfahren eines deutschen Kaisers?«

»Das glaube ich nicht, dann wäre dort bestimmt ein Museum oder ein Archiv und das Bauwerk wäre nicht so verkommen.«

»Jammerschade, dass sie so leer dasteht.« Babsi lachte kurz auf und blieb stehen. Theodora schaute sie fragend an.

»Meine Oma hat mir früher erzählt, dass dort der Geist einer Prinzessin wohnt, die jede Nacht Liebesbriefe schreibt und ihr Leid beklagt. Nach ihrem Unfalltod im nahen Fluss ist sie als Geist zur Burg zurückgekehrt. Und während ihrer Schreibpausen macht sie angeblich Jagd auf kleine neugierige Kinder.«

»Wie gruselig. Nicht sehr feinfühlig von deiner Großmutter.«

»Ach, das hat meine Oma ja nur gesagt, damit wir uns nicht zur Ruine schleichen. Wir waren wahnsinnig neugierig, trauten uns aber nicht, dort zu spielen. Wir hatten Angst und glaubten tatsächlich, dass dort der Geist einer Prinzessin oder andere Gestalten wohnen würden. Wenn wir mit unseren Fahrrädern unterwegs waren, haben wir mit gehörigem Abstand angehalten und gerätselt, was hinter den Mauern vor sich geht.« Sie sog den Anblick der Ruine in sich auf. »Dabei liegt sie so friedlich und verlassen da. Hinter diesen Mauern spielten sich gewiss keine Dramen ab. Sonst hätte es die Öffentlichkeit sicher mitbekommen.«

Kapitel 2 – Mäusegericht

»Der Angeklagten Maus Murina wird vorgeworfen, sich in der Vorweihnachtszeit des letzten Jahres in das Büro des Lesbentelefons im Kulturhaus für Mädchen und Frauen begeben und einen Lottoschein entwendet sowie diesen außerhalb des Büros in eine Altpapierkiste befördert zu haben.«

Betreten sah Murina auf den Boden. Sie wünschte, ihre Freundin, die Eule Athena, könnte sich ganz klein machen, um zu ihr in die Untiefen der Burgruine Sturmstein zu gelangen. Sowohl, um ihr beizustehen, als auch, um den ganzen Vorfall in ihrer ruhigen und bedächtigen Art zu erklären. Zumal er beinahe zwölf Monate zurücklag und sie selbst ihn schon fast vergessen hatte. Wieso jetzt erst, gab es nicht so etwas wie Verjährung? Mit Schaudern erinnerte Murina sich daran, wie die Mäusepolizei sie vor zwei Tagen im Garten des Kulturhauses aufgegriffen hatte. Vom Schock wie gelähmt hatte sie nur schemenhaft den Weg zur alten Burgruine wahrgenommen, in deren Kellerräumen sich das Mäusegefängnis und das Gericht befanden.

»Zeugin Sori hat die Angeklagte dabei beobachtet und den Tathergang ausführlich zu Protokoll gegeben. Damit hat die Angeklagte gegen Paragraf 15 Absatz 2 MGB, Mäusegesetzbuch, verstoßen«, verkündete Richterin Arvalis mit strenger Stimme.

»Einspruch, Euer Ehren!«, hätte Murina am liebsten laut gerufen. Aber sie musste zugeben, dass es sich so zugetragen hatte. Sie war bei einem ihrer Spaziergänge durchs Büro fast auf dem

Lottoschein ausgerutscht. Ordnungsliebend, wie sie nun mal war, hatte sie das Papier zur Altpapierkiste gezerrt und hineingeworfen. Dummerweise hatte sie Sori nicht bemerkt, die sich wie ein Spitzel in dem Loch in der Wand versteckt gehalten haben musste. Sicher gehörten Sori und ihr Familienclan daher auch den Spitzmäusen an – Spitzeln, Spitzmaus. Ausgestattet mit spitzen Nasen zum Herumschnüffeln. Sie war in der Zeit vor ihrer Verhaftung des Öfteren Sori und ihrer Bagage über den Weg gelaufen und diese hatte immer einen üblen Spruch auf Lager. Mehr noch! Sie meinte, dass Murina als Flüchtling vom Land kein Recht auf das Betreten des Kulturhaus-Geländes habe. Dabei gehörte das Ganze doch den Menschen und nicht den Spitzmäusen.

Dank ihrer schlauen Zellengenossin wusste Murina mittlerweile, dass Paragraf 15 Absatz 2 MGB das Anknabbern oder Verrücken von kleinen Gegenständen, die den Menschen gehörten, zwar erlaubte, aber das Verschleppen von Dingen in andere Räume unter Strafe stellte.

Murina hätte am liebsten das Weite gesucht. Nicht, dass sie Angst vor der Richterin Arvalis hätte. Mit ihrer beeindruckenden Erscheinung, dem plumpen Körper, den kleinen Ohren und dem kurzen Schwanz, sah sie aus wie Murinas Großmutter. Die war zwar auch streng gewesen, mindestens so streng wie Richterin Arvalis, hatte aber ein großes Herz gehabt. Sie hoffte, dass das auch für die Juristin galt. Aber Murina hat noch nie einer Gerichtsverhandlung beigewohnt und nun war sie selbst der Grund für diese Versammlung.

Alldieweil saß Sori mit einem selbstgefälligen Lächeln in der ersten Reihe der zuschauenden Mäuseschar, flankiert von zwei Begleiterinnen, die ohne Bedenken schmatzend an einem Stück Regenwurm knabberten. Sie waren hier doch nicht im Mäusekino!

»Nun, Murina, was können Sie zu Ihrer Verteidigung sagen?«, fragte die Richterin.

»Hohes Gericht«, begann Murina stammelnd, »ich wollte nur den Zettel aus dem Weg räumen, denn ich wäre fast darauf ausgerutscht.«

»Also geben Sie den Tathergang zu?«

»Ja, aber ...«, begann sie, doch Sori und ihre Freundinnen brachen in lauten Jubel aus und Murinas Stimme erstarb.

Das Publikum im Gerichtssaal rief wild durcheinander.

»Sehen Sie, sie gibt es zu!«

»Sie gehört eingesperrt!«

»Ganz klar, dass diese Altweltmaus sich strafbar gemacht hat!«

Murina bekam keinen Ton mehr heraus. Dabei war es so wichtig, die Angelegenheit aufzuklären. Am Ende hatten die Besucherinnen des Kulturhauses trotz Murinas Eingreifen keinen Schaden genommen, im Gegenteil!

»Ruhe!« Arvalis klopfte auf den Tisch.

»Ähem«, meldete sich Murinas Pflichtverteidigerin zu Wort. Sie war ihr zwangsweise zugesprochen worden, denn Murina hatte wirklich keine Ersparnisse, um sich eine eigene Anwältin zu leisten.

»Ich bitte im Namen meiner Mandantin um Gnade und möchte hervorheben, dass sie als Flüchtling vom Land kein eigenes Heim oder ein dickes Käsereservoir vorweisen kann. Auch kennt sie sich mit den hiesigen Begebenheiten und Vorschriften nicht aus.«

Murina war begeistert von dem Einsatz der Pflichtverteidigerin – *was für ein Profi!* – und hob ihre Vorderpfoten zum Klatschen, ließ sie ob der drohenden Seitenblicke der Juristin aber wieder sinken. Definitiv wäre sie schon erfroren, wenn Athena ihr nicht von Zeit zu Zeit gestattet hätte, nachts unter ihre warmen Federn zu schlüpfen. Und verhungert wäre sie, hätten die jungen Frauen im Kulturhaus nicht gnädigerweise ab und zu etwas Käse oder Kräckerkrümel liegen gelassen.

»Oder wie sehen Sie das?«

Murina zuckte zusammen. Sie war abgedriftet und hatte die Frage der Richterin nicht gehört.

»Mir ist unklar, inwiefern die Altpapierkiste nicht als zum Büro zugehörig anzusehen ist«, wiederholte Arvalis, als hätte sie Murinas geistige Abwesenheit bemerkt. »Schließlich scheinen die Menschen dort Papier hineinzuwerfen, welches unter anderem auch zum Büroalltag dieser Spezies gehört. Ich möchte keine voreiligen Schlüsse ziehen und weise darum eine Tatort-Begehung im Kulturhaus an. Die Verhandlung ist vertagt auf nach dem Ortstermin.«

»Das ist ja unerhört, die gehört doch für immer hinter Gitter! Sie hat gegen das Mäusegesetz verstoßen!« und »Eine Begehung ist unnötig, sie hat doch gestanden!«, schallte es durch den Raum. Wüste Beschimpfungen kamen von Soris Anhängerschaft und die stämmigen Mäusepolizisten hatten Mühe, sie von Murina und der Richterin fernzuhalten.

Doch Murina störte das nicht. Sie hätte vor Freude in die Luft springen können. Dankbar lächelte sie Arvalis an. Sie freute sich schon, endlich dieses dunkle Gebäude verlassen zu können.

Das Strahlen verging ihr jedoch, als die Richterin nachschob: »Und die Angeklagte wird bis dahin in Untersuchungshaft bleiben. Da sie bekanntlich keinen festen Wohnsitz hat, besteht Fluchtgefahr.«

Das Mäusepublikum buhte und jubelte zugleich, doch am lautesten war das Geschrei von Sori zu vernehmen: »So schnell werden wir Murina nicht wieder im Kulturhaus über den Weg laufen. Das gehört uns Spitzmäusen!«

Ehe Murina sich versah, hakten zwei der Mäusepolizisten sie unter, und sie konnte gar nicht schnell genug auf ihren Zehen mittrippeln. Fast trugen die Ordnungshüter sie aus dem Gerichtssaal und durch die Flure zurück in den Gefängnistrakt.

Kapitel 3 – Andere Pläne

»Hast du meine Frage nicht verstanden?«, schallte es durchs Telefon. Gräfin Flordelis Mathilde Ida von Bergfels-Blumenheide, von ihren Vertrauten nur Ida genannt, sah verträumt aus dem Fenster und den Schneeflocken zu, die sanft hinabfielen. Wie lang war es her, dass sie ihre Langlaufskier herausgeholt und durch die weiße, unberührte Landschaft geglitten war?

»Ida, bist du noch am Apparat?«, fragte Theodora am anderen Ende der Leitung.

»Entschuldige, ich war abgelenkt. Jetzt bin ich ganz Ohr«, beteuerte Ida.

»Ich habe gefragt, ab wann der Aufbau für den Weihnachtsmarkt steht. Ich dachte mir, dass ich für ein verlängertes Wochenende mit Babsi und Hannah in Bergfels vorbeischaue. Für die Fotostory. Babsi ist schon ganz aus dem Häuschen.«

Der Weihnachtsmarkt vor dem Schloss des Grafen von Bergfels-Blumenheide war weit über die Grenzen der Gemeinde bekannt. Ihr Vater hatte Ida und ihren Bruder schon im Kindesalter angehalten, bei dem Aufbau der Verkaufsbuden und dem Dekorieren zu helfen, natürlich unentgeltlich. Als Belohnung hatten sie am Eröffnungstag einen warmen Kakao bekommen und sich ein geschnitztes Spielzeug oder gestrickte Socken von den Marktbuden aussuchen dürfen.

»Du weißt ja, bisher hat mein Chef den Vorschlag abgelehnt. Für ihn ist Bergfels ein Kaff und würde den Ausdruck Stadt in unserem Magazin *Stadtkultur* ad absurdum führen und nicht die Auflage in die Höhe treiben«, fuhr Theodora fort.

»Ja, wie sollte ich das vergessen? Wir haben ihm über die Schlossverwaltung sogar ein paar Werbematerialien zugesandt, die Infos über die vorweihnachtlichen Veranstaltungen enthielten«, warf Ida ein.

»Tja, das hat wohl geholfen. Jetzt meint er jedenfalls, dass ein Trend zu kleineren Weihnachtsmärkten aufkäme und ein Bericht über den eurigen genau richtig wäre.«

»Du, ich muss dich leider enttäuschen. Hier wird dieses Jahr nichts stattfinden.« Ida rieb sich über die Augen. »Wir haben andere Pläne.«

»Oh.« Mehr kam Theodora nicht über die Lippen und Ida hatte den enttäuschten Gesichtsausdruck ihrer Freundin förmlich vor Augen.

»Seit drei Jahren zieht der Supermarkt im Nachbarort diesen kommerziellen Weihnachtsmarkt auf, mit lauter Bling-Bling-LEDs, billigen Plastikartikeln und Glühweinstand inklusive dröhnender

Livemusik. Da können wir mit unseren Buden nicht mithalten und es gibt weniger Zulauf.«

»So ein Unsinn.« Theodora klang entrüstet.

»Doch, und ich kann die Leute irgendwie verstehen. Hier im Umkreis haben halt alle genug gebastelte Weihnachtsartikel und Strickwaren zu Hause. Aber wir haben nun mal beschlossen, nur handwerkliche Arbeiten auszustellen und selbst gemachten Punsch und Stollen zu verkaufen.«

»Ich könnte mir nichts Schöneres vorstellen. Genau so etwas fehlt bei uns in der Stadt, abgesehen von den ehrenamtlich organisierten Basaren«, bemerkte Theodora und ein Hauch von Sehnsucht schwang durch den Hörer.

»Wenn das mein Vater hören würde! Er sagt immer, das habe Tradition, und besteht darauf, dass es so bleibt. Er nimmt lieber den Ausfall des Marktes in Kauf, als Veränderungen an den Angeboten vorzunehmen. Natürlich ist diese große Gaudi, die da im Nachbarort veranstaltet wird, mal was anderes. Immer nur dem kleinen Kinderchor bei *Stille Nacht* zu lauschen, ist nicht gerade der Renner, zumal die paar dünnen Singstimmen kaum an einen großen Chor aus einer Stadt heranreichen. Und mit

Liveuntermalung von professionellen Künstlern sind sie erst recht nicht zu vergleichen.«

»Ach, weißt du was? Wir kommen trotzdem vorbei. Dann kann Babsi dich und Charlotte endlich kennenlernen. Und Hannah wird staunen, wenn sie das Schloss sieht. Die beiden wissen nämlich noch nicht, dass rein zufällig die Tochter des Grafen eine meiner besten Freundinnen ist. Sie denken, du arbeitest nur für diese Kinderhilfsorganisation.« Ida hörte Theodoras Grinsen förmlich durch die Leitung. »Habt Ihr auch Schnee?«

»Na, was glaubst du denn? Gestern waren es jedenfalls noch fünfzig Zentimeter.«

»Das ist mehr als bei uns. Dann können wir ein paar Wanderungen machen und unsere Skier mitnehmen. Dein Angebot steht doch noch, dass wir bei euch übernachten können?«

»Ähm, ich bin zurzeit sehr beschäftigt und in den nächsten Wochen ständig unterwegs.« Ida glaubte ihrer Ausrede selbst nicht, sie musste etwas dicker auftragen. »Natürlich könnt ihr trotzdem hier schlafen, aber wir würden uns nicht sehen. Außerdem werden in den Gästezimmern die Heizungen gewartet.«

Kaum ausgesprochen, hätte Ida sich selbst treten können. Wer bitte schön wartete denn Heizungen mitten im Winter? Doch sie wollte Theodora im Augenblick nicht mehr über ihre Pläne verraten. Wenngleich sie den Basar vor dem Schloss gestrichen hatte, so hieß das nicht, dass er nicht an einem anderen Ort stattfinden konnte. Ihre Frau Charlotte hatte im gräflichen Archiv herausgefunden, dass die Burgruine, die vor den Toren von Theodoras Heimatstadt thronte, der Grafenfamilie gehörte. Nun war in ihr der Plan herangereift, vor den Überresten Sturmsteins einen Weihnachtsmarkt zu veranstalten. Ihre Pläne wollte sie allerdings so lange wie möglich vor Theodora geheim halten, das Ganze sollte eine Überraschung für ihre beste Freundin sein. Parallel würde sie Gutachter damit beauftragen, die Möglichkeit und Kosten einer Sicherung, Renovierung und Instandhaltung der alten Gemäuer abzuschätzen.

»Charlotte und ich werden in den nächsten Wochen die meiste Zeit in meiner Stadtwohnung verbringen, dort ist die Infrastruktur einfach besser, der Flughafen schneller erreichbar und die Internetverbindungen sind verlässlicher«, ergänzte sie sicherheitshalber.

»Wie schade.« Theodora seufzte. »Aber ohne dich und Charlotte wäre es nur halb so schön. Und frieren wollen wir ja auch nicht.«

»Wir verschieben das Ganze auf nächstes Jahr.« Ida versuchte, geballten Enthusiasmus durchklingen zu lassen. »Ich werde das letzte Wochenende vor Weihnachten im Kalender blockieren und dann kommt ihr drei vorbei.«

»Das machen wir so!«, stimmte Theodora zu. »Ich hab's schon eingetragen.«

»Vielleicht ist es dann auch wieder Zeit für einen Weihnachtsmarkt vor dem Schloss, aber versprechen will ich nichts.«

»Egal, Bergfels ist auch so eine Reise wert. Aber vielleicht können wir uns nach den Feiertagen treffen, wenn du etwas weniger Stress hast? Ein ganzes Jahr auf ein Wiedersehen zu warten, ist mir zu lang.«

»Lass uns ein anderes Mal weiterreden, okay? Ich habe gleich ein wichtiges Treffen mit der Verwalterin unserer Landgüter.« Schnell beendete Ida das Gespräch und legte auf. Ihr Blick fiel auf den dicken Ordner vor ihr, auf dem in schwarzen Buchstaben *Weihnachtsmarkt vor Burg Sturmstein* prangte.

Sie rieb sich die Hände. Den Basar an einem ganz anderen, neuen Ort zu organisieren, ließ die Vorfreude zurückkehren, die ihr in den letzten Jahren bei der Planung des heimischen Weihnachtsmarktes in Bergfels Abhandengekommen war. Die Stadtverwaltung hatte bereits der Veranstaltung zugestimmt und das Ordnungsamt in die Planungen einbezogen.

Ida hatte versprochen, einen Teil der Einnahmen für wohltätige Zwecke an Einrichtungen für Kinder und Jugendliche der Stadt zu spenden, und ihr Vater, Graf von Bergfels-Blumenheide, würde höchstpersönlich die Eröffnungsrede halten.

Im Gegenzug hatte sie sich strengste Geheimhaltung gegenüber der Öffentlichkeit erbeten, bis zumindest der Aufbau der Buden vollzogen war und ihr Vorhaben sich nicht mehr verheimlichen ließ.

Da das Vorhaben gute Werbung für die Stadt versprach, hatte der Bürgermeister alle mit der Organisation Beauftragten zum Stillschweigen verpflichtet. Nun galt es nur noch, Theodoras Chef davon zu überzeugen, dass die Veranstaltung auf das Titelblatt der Stadtkultur gehörte. Und selbstredend musste seine fähigste Redakteurin die

Akkreditierung für die Berichterstattung erhalten, nämlich ihre Freundin Theodora Nachtweih daselbst.

Kapitel 4 – Urlaub ade

Ich hätte es besser wissen müssen. Natürlich kommt wieder einmal etwas dazwischen. Das Schicksal will, dass wir auch diesen Kurztrip verschieben. Urlaub, ade. Enttäuscht schaute Babsi nach den Walnusskeksen, die im Backofen langsam eine goldbraune Farbe annahmen. Nachdem sie erfahren hatte, dass sowohl der Weihnachtsmarkt als auch das verlängerte Wochenende in Bergfels nicht stattfinden würden, war sie wutentbrannt in Theodoras Hightech-Küche geflüchtet und hatte sich ans Backen gemacht. Nach dem Rezept von Theodoras Oma. Hannah hatte die selbst gemachten Kekse im letzten Jahr geradezu verschlungen. *Wer weiß, wann meine Frau bei ihrem Arbeitspensum mal zum Backen kommt.*

Während des Kurztrips hatte sie ihrer Frau vorschlagen wollen, ihre Haushalte endlich komplett zusammenzulegen und eine der beiden Wohnungen im Haus zu vermieten. Denn die meiste Zeit verbrachten sie in Babsis Wohnung im oberen Stockwerk und Theodora nutzte einzig ihr

Arbeitszimmer und selten das untere, luxuriös ausgestattete Wohnzimmer. In Babsis Augen reine Verschwendung von Wohnraum. Ganz zu schweigen von dem Geld, das sie durch eine Vermietung einnehmen würden. Na ja, den Landhausherd mit Grillplatte und zwei Öfen könnten sie nach oben bringen lassen, den wollte sie nicht wieder hergeben. Kekse und Kuchen schmeckten daraus wirklich besser.

»Mama?«, rief Hannah von oben und kam die Treppen herunter. »Hier bist du! Boah, riecht das gut, sind die gleich fertig?« Sie guckte über Babsis Schulter durch das Ofenfester. »Theodora hat gesagt, dass du sauer auf sie bist. Dabei kann sie doch gar nichts dafür, dass ihre Freundin keinen Weihnachtsmarkt organisiert.«

Babsi seufzte. *Wenigstens hat Theodora unserer Tochter verklickert, dass die Reise nicht stattfindet, so bleibt mir das erspart.* Anscheinend nahm Hannah es gelassen.

»Ist doch nicht schlimm«, fuhr ihre Tochter fort. »Die lange Fahrt hätte sich für ein Wochenende eh nicht gelohnt. Ich habe für Theodora übrigens eine Ersatzveranstaltung gefunden.«

»Hast du? Da bin ich aber mal gespannt.«

Neugierig lehnte Babsi sich an die Küchenzeile und schenkte Hannah ihre volle Aufmerksamkeit.

»Sie wird über unseren Weihnachtsbasar im Kulturhaus berichten. Jedenfalls will sie das ihrem Chef vorschlagen.«

»Du sprichst von eurem kleinen, ehrenamtlichen Basar? Glaubst du im Ernst, dass das ein guter Ersatz für den Weihnachtsmarkt vor einem richtigen Schloss ist?«

Babsi musste sich beherrschen, nicht laut loszulachen, und biss sich auf die Zunge, um sich weitere Kommentare zu sparen. »'tschuldige, aber das ist zu komisch«, prustete sie.

»Dir wird das Lachen noch vergehen, wenn Nele und ich dich von der Titelseite von Theodoras Magazin angrinsen«, konterte Hannah. »Mit unseren selbst gestrickten Regenbogenmützen auf dem Kopf!« Wütend funkelte sie ihre Mutter an.

»Es ist nicht Theodoras Magazin und sie hat ganz sicher nicht zu entscheiden, wer auf der Titelseite abgelichtet wird.«

»Mensch, Ma, du bist so eine Spaßbremse! Natürlich können wir da nicht mithalten, aber das wollen wir auch gar nicht.«

»Ich glaube nicht, dass sich ihr Chef darauf einlassen wird. Macht euch keine großen Hoffnungen, dann seid ihr nicht zu enttäuscht, wenn er nicht darauf eingeht«, versuchte Babsi, den Eifer ihrer Tochter zu bremsen.

»Ist er.« Theodora hatte sich unbemerkt zu ihnen gesellt. »Er hat soeben meinem Plan B zugestimmt. Ich habe ihm erklärt, dass der Basar mal eine ganz andere Art von vorweihnachtlicher Veranstaltung ist. Er zeigt, dass es abseits von den großen, kommerziellen Märkten noch gemeinnützige Veranstaltungen gibt, die von ehrenamtlichem Personal auf die Beine gestellt werden.«

»Und ihm genügte nur dieses eine Argument, um das abzusegnen?«, fragte Babsi verwundert. Dann hatte sie Theodoras Chef bisher vollkommen falsch eingeschätzt.

»Nein. Das war erstens.« Theodora nahm ihre Finger zur Hilfe, um weitere Punkte zu nennen. »Zweitens: Alle anderen Weihnachtsmärkte unserer Stadt werden zuhauf von den Regionalreportern unserer Tageszeitungen geflutet, da braucht unser Magazin gar nicht mitzumischen.« Theodora stoppte, sah zu ihr hoch und wartete auf ihre Zustimmung. »Ist doch so, oder?«

Babsi lächelte und nickte ihrer Frau anerkennend zu. »Und drittens?«

»Drittens: Es ist eine gute Möglichkeit, auf die bunte Seite unserer Stadt zu verweisen und der Leserschaft das Kulturhaus und die Arbeit der dort Engagierten vorzustellen.«

»Wir könnten das Spendenkonto des Kulturhauses unter dem Bericht abdrucken«, schlug Hannah vor. Bei dem Wir zuckte Babsi zusammen. Ihre Tochter sah sich wohl schon als Co-Reporterin.

Doch Theodora schien das gar nicht zu stören. »Eine blendende Idee«, stimmte sie zu. »Vielleicht kommt ihr so noch zu ein wenig Geld für eure Aktivitäten.«

Ein bisschen Werbung konnte dem Kulturhaus, das immer knapp bei Kasse war, nicht schaden. *Näher betrachtet ist Hannahs Idee gar nicht so schlecht,* musste Babsi sich eingestehen.

»Thealein, Hannah, ich bin stolz auf euch!« Das war sie wirklich auf ihre beiden Frauen.

Der Backofen piepte und sie nahm das Blech mit den dampfenden Keksen heraus. Kaum hatte sie es abgestellt, versuchten Theodora und Hannah, von dem Gebäck zu naschen.

»Seid ihr verrückt? Das ist noch viel zu heiß. Und wenn ihr jetzt alles aufesst, dann haben wir an Weihnachten nichts mehr.« Resolut stellte sie sich vor das Backblech und stemmte die Hände in die Hüften. »Helft mir lieber, den übrigen Teig zu Keksen zu formen.«

Erstaunlicherweise folgten die beiden ohne Murren ihrer Aufforderung.

Kapitel 5 – Kein Tageslicht

Die kleine Höhle im Mäusegefängnis, in welcher Murina seit einigen Tagen in Untersuchungshaft saß, war alles andere als gemütlich. Sie fror und der Boden war matschig, irgendwo sickerte Wasser herein. Trotzdem gab es keinen Spalt in den Wänden, der Tageslicht in diesen unteren Teil der Burgruine gelassen hätte.

Alle paar Stunden warfen die Wächtermäuse verschimmelte Brotkrümel in ihre Zelle, die sich Murina mit ihrer Zellengenossin Sylva, einer Waldmaus, teilte. Sie hoffte auf eine baldige Wiederaufnahme des Prozesses. Die meiste Zeit dämmerte sie im Halbschlaf vor sich hin, träumte von ihrer Eulenfreundin Athena und schwelgte in Erinnerungen an die schöne Zeit mit ihr.

Zudem vermisste sie ihre Stippvisiten im Kulturhaus und die Frauen und Mädchen, denen sie so gerne bei ihren Plänen und Veranstaltungen zuschaute. Wenn sie noch länger hierblieb, verpasste sie den Weihnachtsbasar, der jährlich dort stattfand. Da gab es köstliche Waffeln und immer fiel etwas davon auf die Erde. Selbst die Weihnachtslieder, die die Mädchen und Frauen sangen und die in ihren Mäuseohren krumm und schief klangen, würde sie schmerzlich vermissen. Sie unterdrückte ein Schluchzen und wischte sich schnell eine Träne von der Wange. Ihre Zellengenossin sollte nicht sehen, wie sehr sie unter der Situation litt.

»He, hörst du das auch?« Sylvas Worte rissen sie aus ihrem Selbstmitleid. Murina hob ihr Köpfchen und lauschte angestrengt. Was war da vor der Burgruine los? Autogeräusche, dann polterten Gegenstände auf die Erde, gefolgt von einem Hämmern, Bohren und Sägen. Männerstimmen riefen wild durcheinander.

»Ich wünschte, ich könnte was sehen. Was passiert da? Was haben die Menschen vor?«, beklagte sich Sylva ein wenig zu laut.

»Ruhe!«, brüllte eine der Wachmäuse durch den Gang.

Könnten die Menschen nicht mit ihren Werkzeugen rein zufällig ein Loch schräg durch den Boden schlagen und ihr einen Fluchtweg verschaffen? In Murina keimte Hoffnung auf. Wenn sie nur laut genug fiepte, käme Athena ihr zur Hilfe, würde sie mit ihren Fängen greifen und weit weg von diesem furchtbaren Ort und in Sicherheit bringen.

Kapitel 6 – Plan B

Theodora zog den Kopf ein, zupfte den Kaschmirschal um ihren Hals ein wenig höher und versuchte, sich möglichst klein zu machen. Hannah und ihre Freundinnen Emilia, Laura und Nele liefen kichernd und wild diskutierend vor ihnen durch die enge Straße. Hoffentlich erkannte sie niemand. Immerhin wohnten sie nur ein paar Straßen weiter und die Jugendlichen machten einen ziemlichen Radau.

»Pst! Müsst ihr denn so laut sein? Gleich beschweren sich die Anwohner über den Lärm.« Doch die Mädchen ignorierten ihre Worte.

Lachend hakte Babsi sich bei ihr unter. »Ach, Thealein, das kennen die doch schon. Außerdem leben in den meisten Häusern doch Studenten-WGs. Die veranstalten genauso Krach. Bist du nie mit deinen Freundinnen laut quatschend durch die Gegend gelaufen?«, wunderte sie sich. »Die sind halt aufgedreht so kurz vor dem Weihnachtsbasar. Was für Ideen sie wieder haben, du wirst staunen!«

Theodora bereute, dass sie ihrem Chef die Fotoserie über den Basar im Kulturhaus schmackhaft gemacht hatte. Aber jetzt gab es kein Zurück mehr. Seit ein paar Tagen war er Feuer und Flamme für den Vorschlag und von der Idee besessen, dass die Artikel des Magazins *Stadtkultur* diverser gestaltet werden müssten. Wobei für ihn ausschlaggebend war, möglichst viele neue Abonnierende zu gewinnen. Sicher ging es ihm nicht wirklich darum, die Vielfalt, Buntheit und Toleranz der Stadt aufzuzeigen. Und er würde auch nicht dauerhaft entsprechende Artikel in sein Magazin einbeziehen.

»Wenn wir erst mal neue Abonnenten gewonnen haben, kehren wir ganz schnell wieder zur seriösen Berichterstattung zurück«, waren seine Worte gewesen. Was unseriös an einem Bericht über den Weihnachtsbasar des Kulturhauses für Mädchen und Frauen oder über eine Wohltätigkeitsveranstaltung des Zentrums für queere Menschen sein sollte, war Theodora schleierhaft. Trotzdem hatte sie Angst, dass ihr Artikel bei der

Leserschaft kein gutes Feedback fand und die Verkaufszahlen nicht in die Höhe schnellten. Ihr Chef würde sich dann so schnell nicht wieder auf ihre Vorschläge einlassen.

»Du glaubst gar nicht, wie sehr ich mich darauf freue. Ist doch eine tolle Gelegenheit für dich, Berufliches und Privates miteinander zu verbinden«, flüsterte Babsi ihr zu. »Hast du schon eine Idee, wo du mit dem Fotografieren anfängst?«

Babsi hatte ihr dazu geraten, sich ein paar Tage vor dem Basar in aller Ruhe im Saal des Kulturhauses umzuschauen. Denn am Tag der Veranstaltung würde es aufgrund der ganzen Gäste sehr eng werden. So aber konnte Theodora ungestört ein paar Fotos von den Ständen schießen, von denen der größte Teil bereits hergerichtet war. Alle erdenklichen Handarbeiten, Keramikteile, selbst gebastelte Kalender und viele andere schöne Dinge lagen und standen bereits auf liebevoll dekorierten Tischen, wie Hannah ihr beim Frühstück erzählt hatte. Ärgerlich nur, dass Theodora so spät Feierabend hatte und sie darum erst am Abend dort vorbeischauen konnten.

»Ich würde mir neben dem großen Saal auch gerne den Rest des Hauses anschauen und ein paar

Fotos machen. Das hängt aber von den Lichtverhältnissen ab, Tageslicht wäre besser gewesen.«

Babsi seufzte und rückte ihre Pudelmütze zurecht. »An mir lag es nicht. Ich war pünktlich nach der Arbeit zu Hause.«

»Ich weiß«, gab Theodora zu. »Aber ich hatte ein wichtiges Telefonat mit unserer Londoner Außenstelle, da konnte ich nicht einfach auflegen.«

»Nun ist es eben so. Aber ich glaube, die anderen Räume sind um diese späte Zeit abgeschlossen. Lediglich der große Saal ist für uns zugänglich.«

»Normalerweise, ja. Aber Luna, eine der Ehrenamtlichen vom Lesbentelefon, mit der ich telefoniert habe, sagte mir, dass sie Hannah einen Generalschlüssel für die anderen Räume gegeben habe. Ich dürfe überall hineinsehen und habe mir schon ein paar Fotomotive überlegt. Natürlich werde ich am Basartag die eine oder andere Frau bitten, für ein Foto in den Räumen zu posieren. Luna spricht mit den anderen Frauen und Mädchen und gemeinsam wählen sie ein paar Freiwillige aus, die es nicht stört, ihr Bild in der Presse zu sehen.«

»Wo bleibt ihr denn?« Hannah klimperte mit den Schlüsseln. »Wir frieren uns hier den A... einen

Ast ab. Kommt schnell! Wir müssen die Tür wieder hinter uns abschließen, das habe ich Luna versprochen.«

»Wir kommen ja schon«, murrte Babsi in ihren Schal. Theodora ging schnellen Schrittes auf das Kulturhaus zu und zog ihre Frau mit sich.

Hannah schloss die Tür auf und die Mädchen drängten hinein.

»Eh, lass mich zuerst!«

»Hört auf zu schieben!«

»Sorry, ich seh nichts.«

»Ich auch nicht.«

»Mensch, Hannah, mach mal das Licht an!«

»Dürfen wir auch reinkommen?«, machte sich Theodora bemerkbar. »Ich fände ein wenig Beleuchtung übrigens ebenfalls schön.«

»Kacke«, fluchte Hannah. »Das geht nicht.«

»Was? So 'n Quatsch, lass mich mal«, sagte eine ihrer Freundinnen.

»Autsch, wer tritt mir da auf den Fuß?«

»Jetzt hört auf mit dem Spaß.« Babsi schnaufte. »Theodora und ich könnten den Feierabend auch anders verbringen, als euren Sperenzchen zuzuhören. Jetzt macht das Licht an!«

»Es geht wirklich nicht.«

»Wo ist denn der Schalter?«, erkundigte sich Theodora. »Würde jemand mal mit einer Taschenlampe den Flur ausleuchten?«

»Äh.« Hannah klang verwirrt. »Hab ich nicht?«

»Das wäre mir neu. Studier mal die Funktionen deines Handys«, entgegnete Theodora. »Dieses Icon mit der Birne drauf.«

»Ach, das Zeichen. Da hab ich jetzt nicht dran gedacht.«

Endlich hielten zwei der Mädchen ihre Handys hoch und strahlten den Lichtschalter an. Theodora drückte und drückte, aber nichts tat sich.

»Kommt, lasst uns mal weitergehen. Vielleicht ist nur die Glühbirne kaputt.« Hannah leuchtete mit ihrem Gerät den Weg. »In der Küche ist eine neue Lampe drin. Die geht auf jeden Fall.« Sie schritt voran und die anderen schlichen hinterher. Hannah griff durch den Türrahmen und ein mehrmaliges Klacken erfüllte die Küche. Doch nichts. »Mist, auch hier geht nix. Wartet, ich guck mal oben. Laura, kommst du mit?«

»Klar. Wir müssen nur aufpassen, dass wir der Maus nicht auf die Pfötchen treten.«

»Maus?« Babsi machte einen Satz und prallte gegen Theodora, die unweigerlich grinste und sich

auf die Lippen biss, um nicht in Gelächter auszu-
brechen. Ihre bodenständige Frau, die sich nur zu
gerne im Garten austobte, hatte eine Höllenangst
vor kleinem Getier.

»Hier ist eine Maus?«

»Ja, Mama, hab ich dir erzählt. Die wird immer
mit Käse und Kräckern gefüttert und ist total süß.
Im letzten Jahr ist was passiert, das glaubt ihr
nicht ...«

»Von der Maus und dem Lottoschein kannst du
später erzählen, nun lass uns endlich gucken gehen«, drängelte Laura.

Babsi schüttelte sich. »Seid vorsichtig und passt
auf!« Das Fußgetrappel und Kichern der Mädchen
auf der Treppe entfernte sich.

»Frierst du?« Theodora spürte, dass Babsi an ihrer Seite zitterte. Lag es an der Maus oder fröstelte
sie wirklich?

»Ach, den ganzen Weg über war mir überhaupt
nicht kalt. Aber du musst doch zugeben: Hier in
dem dunklen, kalten Flur wirkt das Haus wirklich
gruselig. Und wenn ich mir vorstelle, dass mir ir-
gendein Getier über die Füße laufen könnte ...« Sie
drängte sich an Theodora und blickte unsicher in
die Dunkelheit.

Jener kam es vor, als würden sie eine Ewigkeit auf Hannah und Laura warten. Emilia und Nele störte es offenbar nicht. Sie daddelten auf ihren Handys herum und schienen alles um sich herum vergessen zu haben, wie Theodora nicht ohne einen Anflug von Neid feststellte.

Endlich hörten sie die neuerlichen Schritte und die Stimmen der nahenden Mädchen.

»Im ganzen Haus scheint der Strom weg zu sein«, verkündete Laura.

»Ja, nicht nur das Licht ist tot, sondern auch der Kühlschrank in der Küche und die Uhr am Backofen.« Hannah war die Enttäuschung anzuhören.

»Wisst ihr, wo der Sicherungskasten hängt?« Theodoras Frage erntete nichts als ratlose Blicke und Schweigen. »Leuchtet mal die Wände ab.« Doch ihre Suche blieb erfolglos.

»Nichts zu machen«, stellte Hannah unnötigerweise fest. »Und jetzt?«

»Lasst uns nach Hause gehen.« Babsi zog die Schultern hoch. »Dann benachrichtigst du Luna, damit sie morgen keinen Schrecken bekommt, wenn sie ins Büro geht.«

»Auweia, die wird Augen machen!«

»Vielleicht ist es nur die Sicherung«, versuchte Theodora die Mädchen zu trösten. »Oder ein kleiner Defekt irgendwo in der Leitung. Das bekommt ein Elektriker bestimmt wieder in Ordnung.« Sie schluckte ihren Unmut herunter.

Das hatte ihr gerade noch gefehlt. Plan B stand auf der Kippe. Hoffentlich bekamen sie das schnell in den Griff. Wenn der Weihnachtsbasar nicht stattfinden konnte, wäre auch diese Fotostory Geschichte. Ihn nur bei Kerzenschein abzuhalten, wäre sicher keine Option. Ob das aus Brandschutzgründen überhaupt erlaubt wäre ...? Die Möglichkeiten, über andere vorweihnachtliche Veranstaltungen zu berichten, waren begrenzt. Zugleich wollte sie sich nicht in die mittelmäßigen Berichterstattungen der großen Zeitungen einreihen, die alle über dieselben Märkte schrieben.

Kapitel 7 – Eule oder Gespenster?

Einfach furchtbar, was im Gefängnis die Runde machte und Murina in höchste Empörung versetzte. Wie ein Lauffeuer verbreitete sich das Gerücht, dass im Kulturhaus die Elektroleitungen gekappt worden seien. Bei den Übeltätern handelte es sich angeblich um Mäuse. Wütend kickte

Murina gegen einen kleinen Stein und er sprang fast einem der Mäusewächter, die die Häftlinge bei ihrem täglichen Rundgang im Innenhof der Ruine überwachten, vor die Füße.

Oh, wenn ich doch mit Athena sprechen und sie ausfragen könnte, ob sie etwas von ihrem Ast vor dem Kulturhaus beobachtet hat! Murina schaute hoch zu den Türmen der Ruine. Irgendetwas bewegte sich dort zwischen den alten Steinen. Eine Eule? Und zwar eine ganz spezielle? Nein, sie musste sich täuschen, sie sah Gespenster, ganz klar. Das lag an ihrer Gefangenschaft. Zumal ihre Zellengenossin ständig von irgendwelchen Ungeheuern erzählte, die ihr in Träumen begegneten.

Halt, stopp! Murina hatte sich nicht geirrt. Fast verschlug es ihr den Atem, als sie Athenas große runde Augen zwischen den Steinen des Turms erblickte. Vor Aufregung hüpfte sie auf ihren Zehenspitzen. Sie musste den Wächter ablenken, um mit Athena reden zu können. Aber wie? Gleichzeitig den Aufpasser in Schach halten und mit ihrer Freundin sprechen, das ging nicht. Verflucht. Frustriert ließ sie den Kopf hängen.

Auf einmal fuhr ein Raunen durch die ganze Mäuseschar und alle schauten nach oben. Dort flog ihre Eulenfreundin und stieß ein lautes »Huh-huh-huh!« aus, bevor sie ihre Fänge öffnete und mehrere kleine und größere Insekten in den Innenhof fallen ließ. Direkt vor die Füße des Wächters. Alle stürzten sich auf die Leckereien, der Aufpasser an erster Stelle. Murinas Herz pochte laut. Eine grandiose Idee, auf ihre Freundin war Verlass!

»Huu-hu-huhuhuhuu«, tönte es leise aus der hintersten Ecke des Hofes. »Komm zu mir, schnell!«

Im Sturm lief Murina zu ihrer Freundin.

»Was für ein genialer Plan! Du kommst gerade richtig, ich halt es hier nicht mehr aus. Nimmst du mich mit?« Aufgeregt wuselte sie um Athena herum.

»Nein, du weißt, dass das nicht geht. Dann komme ich vor das Eulengericht, wenn das herauskommt. Schließlich stehen Mäuse ganz oben auf unserem Speiseplan.«

»Ich dachte, wir wären Freundinnen!« Murina japste erschrocken und machte einen Satz rückwärts.

»Du bist natürlich eine Ausnahme«, beteuerte Athena schnell und gab Murina mit ihrer Handschwinge einen sanften Klaps auf den Kopf. »Aber jetzt hör zu, was ich herausgefunden habe. Der Weihnachtsbasar im Kulturhaus kann nicht stattfinden. Die Leitungen sind zerfressen und die Reparatur dauert Wochen.«

»Ich habe von dem Unglück gehört und bin nur froh, dass ich hier in U-Haft sitze, sonst würde die Richterin mich dafür vielleicht auch noch verantwortlich machen!«, empörte sich Murina. »Die armen Frauen und Mädchen, die geben sich immer so viel Mühe. Wer macht denn so was?«

»Ich denke, es sind dieselben, die dich verraten haben. Da steckt ein Komplott hinter. Die Übeltäter wollen bestimmt das Gebäude einnehmen, wo es derzeit nicht von den Menschen genutzt werden kann. Ich habe die Bürokraft mit den Nachbarn des Kulturhauses reden hören. Sie sagte, dass die Bauarbeiten wegen des Mangels an Handwerkern lange dauern würden. Ein idealer Ort für deinesgleichen.«

Für Murina stand fest, dass es nur eine gewesen sein konnte. »Die Einzige, der ich so was zutrauen würde, ist Sori«, äußerte sie ihren Verdacht laut.

»Sie war es nicht allein. Sie muss eine oder mehrere Komplizen gehabt haben, aber uns fehlen die Beweise.«

»Und jetzt?«

»Ich weiß es auch nicht. Schließlich bin ich zu behäbig und komme nicht in das Kulturhaus, um zu sehen, was dort vor sich geht und wer dort herumschleicht.«

Murina schaute zu Athena hoch. »Ich wünschte, ich wäre frei und könnte herausfinden, wer so fies zu den Menschen war.«

»Wir müssen unseren Plausch beenden, die Insekten sind gleich vertilgt und ich möchte nicht mit dir im Gespräch gesehen werden.« Die Eule deutete mit ihrem Schnabel zu dem Mäusewächter und den Gefangenen. Murina sah zu den anderen hinüber. »Ich werde mir etwas einfallen lassen«, verkündete ihre Freundin.

Murina spürte einen Hauch im Nacken und als sie sich umdrehte, war die Eule mit lautlosem Flügelschlag verschwunden. Sie blinzelte. War Athena wirklich hier gewesen? Rasch gesellte sie sich wieder zu den übrigen Gefangenen und suchte die Nähe ihrer Zellennachbarin. Gemeinsam drehten sie weiter ihre Runden.

Plötzlich waren Schritte vor den Mauern zu vernehmen. Murina erstarrte. Kam jemand zur Rettung? Hatte Athena so schnell einen Plan? Sie schaute nach oben, aber die Eule war nicht zu sehen. Stattdessen hörte sie Mädchenstimmen.

»Hannah, hierher! Wir kriechen wieder durch das Loch dort.«

»Warte mal, Nele, ich hab was gehört!«

»Typisch, du wieder! Hier ist niemand außer uns. Jedes Mal machst du so ein Trara. Wir haben die Ruine doch eine Viertelstunde lang beobachtet. Wer soll denn hier sein?«

»Vielleicht ein paar Mäuse.« Hannah kicherte.

»Solange mir keine Ratte über den Fuß läuft«, knurrte die Stimme, die zum Menschenmädchen Nele gehörte.

»Was wohl mit der Maus aus dem Kulturhaus passiert ist?«, wunderte sich die andere, die sich Hannah nannte. »Jetzt ist niemand zum Füttern mehr da.«

»Ach, die wird trotzdem dort herumkriechen können. Bestimmt findet sie was. Deine Kekskrümel zum Beispiel.«

»Haha. Wer krümelt denn immer?«

Murina klopfte das Herz bis zum Hals. Die beiden Mädchen sprachen von ihr!

»Ich würde zu gerne wissen, was es mit den ganzen Holzlatten und Werkzeugen hier draußen auf sich hat. Wir müssen mal Mathe schwänzen und früh morgens herkommen.«

»Mensch, hör auf damit! Die anderen meckern doch ohnehin schon, weil wir so viel zu zweit unternehmen und ständig beieinanderhocken.«

»Meinst du, sie ahnen was?«

»Ich weiß nicht. Laura hat mich letzte Woche gesehen, als ich mit dem Rad hierher unterwegs war. Mir ist rausgerutscht, dass ich zum Zitadellenpark fahre, und da hat sie gefragt, ob ich ein Rendezvous mit der Burgruine hätte.«

Murina hörte lautes Kichern und fragte sich, ob Menschen denn mit Ruinen ein Stelldichein haben konnten. *Seltsame Lebewesen!*

»Würde es dir denn etwas ausmachen?«, fragte Nele nach einigen Augenblicken mit dünner Stimme.

»Wenn ich ein Rendezvous mit der Ruine hätte? Versteh ich nicht.«

»So 'n Blödsinn. Ich meine ein Rendezvous mit mir.«

»Quatsch! Wieso? Überhaupt nicht! Ich … hab dich total gern.«

»Ich dich auch. Und mir ist vollkommen schnuppe, was die anderen denken.«

Kurz war es still. So still, dass Murina ein Fiepsen von sich gab, als eines der Mädchen unerwartet enthusiastisch fortfuhr: »Komm, lass uns überlegen, wo und wann wir nun unseren Weihnachtsbasar aufbauen! Außerdem musst du mir helfen, deinen letzten Brief aus den Mauerritzen zu holen. Ich komme nicht dran.«

»Bisher bist du immer drangekommen. Dann fehlt doch der Kick, wenn ich dir helfe, das Heimliche.«

»Aber wenn ich ihn doch absolut nicht zwischen die Finger kriege?«

»Ich guck ja schon nach. Hier, halt mal meine Handschuhe. Uff, gar nicht so einfach.«

»Bist du dir sicher, dass du ihn versteckt hast und er nicht auf deinem Schreibtisch liegt?«

»Ja, bin ich. Hundertpro.«

»Verflixt!«

»Hast du ihn nun endlich?«

»Nun drängel nicht so.«

Murina blickte amüsiert zu Sylva, doch ihre Zellengenossin schien Todesangst zu haben. Ihre Augen waren weit aufgerissen und sie zitterte am ganzen Leib. Und nicht nur sie. Alle um sie herum schienen erstarrt, inklusive der Wache.

Wieder waren Schritte zu hören und irgendwo lösten sich Steine an den Mauern, die klackend herunterfielen. Das war der Startschuss.

»Menschen in der Ruine!«, brüllte der Mäusewächter und sie machte vor Schreck einen Satz.

»Alle rein in die Zellen! Aber zackig!«

»Huch, schnell weg!«

»Wenn das ein Kammerjäger ist ...«

»Ich will in meine Zelle!«

Die anderen Mäuse rannten Murina fast um, und der Mäusewächter schubste sie in das Innere der Ruine. Ehe sie sich versah, hockte sie wieder mit Sylva im Verlies. Lange haderte sie mit sich, ob sie Sylva von dem Besuch ihrer Eulenfreundin erzählen sollte, doch bald schlief sie vor lauter Erschöpfung ein.

Kapitel 8 - Störenfriede

Missmutig schaute Ida in die Runde der Anwesenden und versuchte, ihre Ruhe zu bewahren und das soeben Gehörte zu verdauen.

»Sie sind sich sicher, dass gleich mehrere Personen durch den Zaun in die alte Ruine eingedrungen sind?«

»Genau, es gab Fußspuren unterschiedlicher Größe. Die Handwerker haben sie im Schnee sofort gesehen. Zum Glück scheint nichts gestohlen worden zu sein und es liegen auch keine Beschädigungen vor«, bestätigte Frau Singer, die Hauptverantwortliche für die Organisation des Weihnachtsmarktes.

»Was wollen die da? Sind es Obdachlose oder Jugendliche, die einen Unterschlupf zum Kiffen suchen?«

»Wir sollten einen Wachdienst beauftragen oder eine Kamera aufstellen«, riet Frau Singer.

»Ich bin mit allem einverstanden, solange es keine Aufmerksamkeit auf sich zieht. Also kein Großaufgebot mit Bewegungsmeldern und Vollbeleuchtung. Schließlich ist der Aufbau noch nicht abgeschlossen.«

Frau Singer machte sich Notizen auf ihrem Tablet. »Ich werde gleich bei ein paar Sicherheitsfirmen anfragen, welche Kapazitäten sie vor Ort haben. Sicher werden sie uns ein faires Angebot vorlegen.«

»Das klingt gut.« Ida nickte zustimmend. Die Zusammenarbeit mit der Firma *FunEvent*, mit der sie bisher eine ganze Reihe von Veranstaltungen gemeinsam durchgeführt hatte, war stets zufriedenstellend gewesen.

»Wir hätten gleich von Anfang an dort Wachleute abstellen sollen. Einfach zu naiv von mir, zu denken, dass so eine Ruine keine Neugierigen anzieht«, räumte sie ein. »Vor allem, wenn dort Aufbauten stattfinden. Es ist halt eine Kleinstadt und kein beschauliches Örtchen wie unser Bergfels, wo die Anwohner die Türen ihrer Häuser nicht abschließen müssen.«

»Ich bin schlicht davon ausgegangen, dass die Firma, die die Handwerker für die Buden stellt, wenigstens eine Kamera installiert hat«, rechtfertigte sich Frau Singer.

»Nun gut, wir werden den ungebetenen Besuchern auf die Schliche kommen. Sorgen Sie dafür, dass bereits ab heute die Überwachung beginnt.«

Kapitel 9 – Traum oder Vorahnung?

Babsi schreckte von der Couch hoch. Nur langsam kam sie wieder in die Wirklichkeit zurück. Ihre Blicke studierten die Mauern der Burgruine. Wände? Es waren komischerweise keine Steine, die sie sah, sondern Tapete … Nein. Sie schüttelte den Kopf.

Babsi war nicht in der Ruine, sondern in ihrem Wohnzimmer. Und es lief auch keine Maus hier herum, oder? Gerade eben hatte sie sich noch auf der Suche nach der Maus gewähnt, die, ein Pergamentpapier hinter sich herziehend, durch die langen Gänge weggerannt war. Babsi holte tief Luft und stieß den Atem bedächtig wieder aus. Nochmals blickte sie sich um. Kein Getier weit und breit zu sehen. Sie musste eingeschlafen sein, der Arbeitstag war anstrengend gewesen. *Warum sucht mich ausgerechnet die Burgruine in meinen Träumen heim?*

»Alles gut bei dir?« Theodora steckte den Kopf durch die Tür. »Oh, bist du eingeschlafen? Habe ich dich geweckt?«

»Nein, aber ich bin tatsächlich eingenickt und hatte einen verrückten Albtraum ...« Ein Klingeln an der Haustür unterbrach sie.

»Wer könnte das sein? Hast du jemanden eingeladen?«, fragte Theodora verwundert.

»Nein, das hätte ich dir erzählt.«

»Oder hat Hannah ihren Schlüssel vergessen?«

»Ich dachte, Hannah ist schon in ihrem Zimmer?«

Theodora schüttelte verneinend den Kopf.

»Schaust du nach?«

Babsi setzte sich auf und rieb sich die Augen, während Theodora aus dem Raum verschwand. Unangekündigter Besuch? *Ungewöhnlich.* Sie hörte fremde Stimmen aus dem Flur.

»Barbara? Kommst du bitte mal her?« So nannte ihre Frau sie nur in ernsten Situationen.

»Komme!« Babsi stand auf und trat in den Flur. »Gibt es ein …« Sie erschrak, als sie Hannah flankiert von zwei Polizistinnen vor der Tür stehen sah.

Kapitel 10 - Erwischt

»Voll krass, eh, du kennst die Gräfin in echt? Erzähl doch mal, wie hast du sie kennengelernt? Stellst du mich ihr vor?« Hannah hüpfte aufgeregt auf dem italienischen Luxus-Designersofa auf und ab. Was Theodora in keiner Weise zu stören schien, dabei war sie sonst immer so akkurat, was ihre Möbel anging.

Stirnrunzelnd schob Babsi das Cola-Glas auf dem Tisch außer Reichweite ihrer Tochter. Allein der Gedanke, dass sie das Getränk verschütten und sich die braune Suppe auf den weißen Teppichboden ergießen könnte, ließ ihr die Haare zu Berge stehen. Der Belag hatte zweifellos ein ganzes

Monatsgehalt gekostet. Sie selbst hätte ihrer Tochter nach dem Vorfall allenfalls ein Glas Leitungswasser zugestanden.

Das Gespräch fand ihrer Meinung nach am falschen Ort statt, nämlich im Wohnzimmer von Theodoras Wohnung. Ihre Frau erachtete den Raum normalerweise als ihr Heiligtum und sie nutzten es nur für besondere Gäste. Babsi hätte es vorgezogen, diese Unterredung in ihrer eigenen Wohnung eine Etage höher zu führen. Ihre Stube war gemütlicher, mit abgenutztem Teppich und bequemem Sofa und Sesseln, zumal sie dort alle drei die meiste gemeinsame Zeit verbrachten. Damit hätte sie sich wohler gefühlt und mehr Rückgrat besessen, um streng mit ihrer Tochter ins Gericht zu gehen.

Obendrein lief das Ganze in die völlig falsche Richtung. Theodora genoss Hannahs Aufmerksamkeit viel zu sehr. So konnte es nicht weitergehen, Babsi musste eingreifen.

»Hannah, du sitzt hier nicht, um Theodora auszufragen, sondern, weil wir … weil *ich* Fragen an dich habe und wissen möchte, was in dich gefahren ist«, versuchte sie, auf den eigentlichen Grund des Gesprächs zurückzukommen. »Du wurdest gerade von der Polizei nach Hause gebracht, weil du dich mit einer Freundin im Park verbotenerweise durch die Zäune zur Burgruine geschlichen hast und dort herumgeturnt bist.«

»Och, Ma, wir sind da nicht ›herumgeturnt‹, so 'n Schwachsinn!« Hannah stöhnte und verdrehte die Augen. »Außerdem war es nicht irgendeine Freundin, sondern Nele. Ey, nun chill doch mal, wir haben da nur abgehangen und ein bisschen Spaß gehabt.«

»Sag mal, geht's noch?« Empört warf Babsi die Arme in die Luft. »Und den Spaß könnt ihr nirgendwo anders haben?«

»Das ist immer so cool da draußen. Vorgestern haben Nele und ich dort was gefunden …« Hannah schlug sich die Hand vor den Mund.

»Ihr wart nicht zum ersten Mal auf dem Gelände?« Babsi traf der Schlag.

»Außerdem wollten wir überlegen, wo wir den Basar ersatzweise veranstalten können«, plapperte Hannah weiter und ignorierte ihre Frage. »Finde mal jetzt so auf den letzten Drücker einen Ort. Wenn die die Worte *Kulturhaus* und *Lesbentelefon* hören, sind sie alle auf einmal ausgebucht.« Sie ließ sich gegen die Rückwand des Sofas fallen und schnaufte. Abrupt richtete sie sich wieder auf. »Auf

dem Vorplatz der Ruine sind überall kleine Holzbuden aufgebaut, alle mit riesigen Planen abge-
deckt. Der Zaun lässt sich an einer Stelle öffnen.
Irgendwas tut sich da. Schade, dass alles abgeschlossen war. Auf einmal kamen Wachen und wir
mussten uns verstecken. Die sind aber hinterher.
Echt mies, dass die gleich die Polizei gerufen haben
und wir nicht gehen durften. In der ganzen Aufregung habe ich auch noch meinen Ohrring verlo-
ren.«

»Es muss doch ziemlich dunkel gewesen sein in
dem alten Gemäuer«, vermutete Theodora.

»Stimmt, richtig gruselig, so eine Location zum
Abhängen hat niemand von uns. Voll krass der
lange Flur und lauter geheimnisvolle Ecken zum
Verstecken.« Hannah warf ihrer Mutter böse Blicke
zu. »Da stören auch keine Eltern.«

»Abgesehen davon, dass du mir einen gehöri-
gen Schrecken eingejagt und mit deinen unifor-
mierten Begleiterinnen für Gesprächsstoff in der
Nachbarschaft gesorgt hast, hättest du dir dort das
Genick brechen können! Und ich will gar nicht wissen, was da so alles an Getier rumwuselt, abgesehen von Mäusen und Ratten.«

»Aber die tun doch nichts, Mama! Schade, dass die Bullen die Sirene nicht eingeschaltet haben. Wir konnten sie auch nicht dazu überreden, ein wenig schneller oder bei Rot über die Ampel zu fahren«, maulte Hannah herum. »Nele hat die Fahrt mit ihrem Handy heimlich gefilmt, sie stellt es bestimmt noch ins Netz.« Hannah richtete sich auf und schielte zu ihrem Handy hinüber, das ihre Mutter ihr abgenommen und auf das Sideboard außer Reichweite gelegt hatte.

»Denk nicht mal daran!« Babsi knurrte. »Du gehst nach dem Abendessen gleich schnurstracks in dein Zimmer. Und dann bleibst du das Wochenende über zu Hause! Handy- und Internetspielereien sind gestrichen, Filme und Musik-Streaming genauso.«

»Aber dann kann ich doch nicht mit Nele schreiben«, protestierte Hannah und schob eilig nach: »Und mit ihr über die Hausaufgaben und Klausuren sprechen.«

Als ob es ihrer Tochter um die Schule ginge. Babsi glaubte ihr kein Wort und wollte sich nicht auf weitere Gespräche oder gar Verhandlungen einlassen. »Du kannst dir die Diskussion sparen. So hast du genügend Zeit, um über euer dummes

Handeln nachzudenken. Und wenn du eine Pause brauchst, stehen lauter schöne Bücher im Regal, die darauf warten, von dir angefasst und wahrhaftig gelesen zu werden.«

Nach dem Abendessen saßen Babsi und Theodora vor dem Kamin und ließen die Ereignisse Revue passieren.

»Ich weiß nicht, wie ich dir danken soll, dass du Hannah so vor den Polizistinnen in Schutz genommen hast«, sagte Babsi und schluckte tapfer die Tränen herunter, die sich in ihren Augenwinkeln sammelten. »Als sie gesagt haben, dass sie die Eigentümer der Burgruine verständigen müssten und dass es sich dabei um eine Grafenfamilie handelt, da ist mir für eine Sekunde schwarz vor Augen geworden.«

Theodora strich ihr sanft über den Rücken.

»Ich wusste bis heute nicht, dass die Burgruine im Besitz von Idas Familie ist.«

»Dann stimmt es wirklich, was du gesagt hast? Dass du eine gute Freundin dieser Grafenfamilie bist …? Wie heißen sie noch? Bergfels-Dingsbums, ach, jetzt hab ich's, Bergfeld-Blumenbeet.«

»Von Bergfels-Blumenheide heißen sie«, korrigierte Theodora und lachte leise. »Ihnen gehört auch das Schloss in dem Ort Bergfels, wo wir unseren Kurzurlaub geplant hatten.«

»Ich dachte, das hättest du nur gesagt, um Hannah zu beeindrucken und die Polizisten abzuwimmeln, damit sie es bei einer Abmahnung belassen.« Ungläubig schüttelte Babsi den Kopf. Sie mochte sich gar nicht vorstellen, was für einen Rattenschwanz das Ganze nach sich ziehen könnte. Was passierte schlimmstenfalls bei einem Hausfriedensbruch? Musste sie sich gar einen Anwalt nehmen? Babsi sah förmlich ihr Konto schrumpfen. Sie hatte extra eine kleine Summe für den Kurzurlaub gespart. Benötigte sie das Geld jetzt, um ihre Tochter vor dem Gefängnis zu bewahren? Sie hasste es, finanziell von ihrer Frau abhängig zu sein.

»Sie sind doch noch minderjährig, können sie da überhaupt bestraft werden?«

»Straffrei sind sie nicht mehr«, entgegnete Theodora nüchtern. »Sie würden unter das Jugendstrafrecht fallen, vielleicht müssten sie ein paar Sozialstunden ableisten.«

»Kannst du Idas Familie anrufen und ihr möglichst schonend beichten, dass es sich dabei um deine Stieftochter handelt?« Bange schaute Babsi zu ihr auf.

»Ja, das werde ich wohl oder übel tun müssen. Es sei denn, du möchtest mit ihnen …?«

Babsi wedelte abwehrend mit den Händen. »Um Himmels willen, nein! Mich kennen die doch gar nicht. Ich weiß nicht, wie ich das erklären soll.«

Theodora seufzte. »Am besten, ich rufe Ida noch heute Abend an.«

»Meinst du, dass die Polizei denen schon von dem Vorfall berichtet hat?«

»Möglich wäre es. Dann ist es höchste Zeit für mein Telefonat, um Ida zu beichten, dass es sich dabei um Hannah und ihre Freundin handelte und keine böswillige Absicht dahintersteckte.« Theodora stand auf und holte ihr Handy von der Ladestation. »Mach dir keinen Kopf. Ich bin mir sicher, dass Ida und ihre Familie nichts weiter unternehmen werden.«

Kapitel 11 - Eifersucht

Babsi stand in der Küche und klimperte betont laut mit den Tellern. Immer wieder warf sie einen verzweifelten Blick in den Backofen, wo der Auflauf

schmorte. Bald würde die goldbraune Kruste an-
brennen. Sie verstand ja, dass Theodora nicht oft
Zeit fand, ihre Freundin Ida anzurufen. Aber seit
dem Gespräch vor drei Tagen, als Hannah von der
Polizei nach Hause gebracht worden war, schien
sie ständig mit ihrer adeligen Freundin zu telefo-
nieren. Sie hatte gedacht, die Angelegenheit wäre
nach Theodoras Anruf erledigt gewesen, auch
wenn ihre Frau noch nicht die Zeit gehabt hatte, ihr
ausführlich von dem Gespräch zu berichten. Nicht,
dass Babsi eifersüchtig wäre. Dazu bestand kein
Grund. Oder doch? Sie kannte Ida nicht und sollte
Thealein mal gründlich über sie ausfragen. Waren
Theodora und Ida vielleicht mal ein Paar gewesen
und hatten sich nun zum zweiten Mal angenähert?
Na toll! Sie atmete tief ein. Daran hatten Hannah
und ihre Freundin Nele Schuld. Wären sie nicht in
der Burgruine aufgegriffen worden, hätte Theodora sicher keinen Grund, so oft mit dieser Gräfin
zu plaudern. Babsi schaute an sich runter auf das
ausgebeulte Sweatshirt und die Plüschhausschuhe,
die ihre Füße zierten. Ida trug bestimmt auch zu
Hause nur Edelmarken. So wie Theodora. Sie
schluckte. Mit so einer *von und zu* konnte Babsi
kaum mithalten.

Sie pustete die Wangen auf. Unschlüssig schaute sie auf den gedeckten Küchentisch. Ihr Magen knurrte laut. Sollte sie die Teller nehmen und sie demonstrativ mit einem Knall auf dem Esstisch im Wohnzimmer abstellen, wo ihre Frau telefonierte? Noch eine Gabel fallen lassen? Oder laut über den Flur rufen, dass das Essen fertig sei? Aber war Ida nicht verheiratet? Wobei das ja keine Garantie für Treue war.

»Ach, Babsi, du eifersüchtiges Ding«, schalt sie sich selbst. Genervt von ihren absurden Gedankengängen griff sie mit spitzen Fingern nach dem Brief, den Hannah und Nele in der Burgruine gefunden hatten. Schüchtern hatte Hannah ihr gestanden, dass sie und Nele sich heimlich Briefe schrieben und in den Mauerritzen im Inneren der Burg versteckten. Aus Hannahs Schilderungen war die Bewunderung für ihre athletische Freundin rauszuhören gewesen. Ihre Tochter und Nele schienen Gefühle füreinander zu entwickeln, vermutete Babsi. Sie konnte Hannah einfach nicht mehr böse sein, auch wenn sie das Herumlungern auf dem Gelände der Burgruine nicht billigte.

Jedenfalls war einer von Hannahs Briefen so weit in das Gemäuer gerutscht gewesen, dass Nele nur mit Mühe nach ihm hatte greifen können. Dabei hatte sie dieses alte Papier mit der fast unentzifferbaren Handschrift mit hervorgezogen.

Da der alte Brief kaum zu entschlüsseln war, Hannah und Nele aber unbedingt wissen wollten, was darin stand, hatte Hannah ihn ihr gezeigt. Das Papier war stockfleckig und an den Ecken zerrissen, wenn nicht gar von Mäusen oder anderem Getier angefressen. Teilweise war die Tinte verwischt, sodass die Schrift kaum mehr zu lesen war. Eine Gänsehaut lief ihr über den Rücken. Sie dachte an den Albtraum zurück, den sie vor ein paar Tagen gehabt hatte und in welchem eine Maus und ein Brief vorgekommen waren. War das eine Vorahnung gewesen? Babsi kniff die Augen zusammen und versuchte, das Geschriebene zu entziffern. *Princes* las sie und *treühertzig*. Wie komisch die Menschen früher gesprochen und geschrieben hatten! Angestrengt betrachtete sie das Schriftstück, aber mehr als *mein verhencknuß* ists konnte sie nicht entziffern. Da musste ein Profi ran.

»Was hast du denn da?«, holte Theodora sie aus ihren Überlegungen.

»Mein Gott, hast du mich erschreckt! Bist du mit deinem Telefonat endlich durch?«

»Aufgeschoben. Ida hat einen Termin und ...«

»Schön«, unterbrach Babsi ihre Frau und legte das Papier beiseite, »dann können wir endlich essen. Rufst du Hannah eben herunter?« Sie wollte gar nicht wissen, warum Ida keine Zeit mehr hatte. Das war ihr so was von egal.

Sie holte den Auflauf aus dem Ofen und verteilte das Essen auf den Tellern.

»He, lasst mir noch was übrig«, meckerte Hannah beim Betreten der Küche und zog quietschend ihren Stuhl zurück.

»Ich merke erst jetzt, was ich für einen Hunger habe.« Trotzdem ließ Theodora das Besteck sinken und machte keine Anstalten, sich dem Essen zu widmen. »Hannah, ich muss mit dir und Babsi nach dem Essen was besprechen«, verkündete sie stattdessen mit ernster Miene. »Aber deine Mutter hat sich solche Mühe gegeben, da wollen wir den Auflauf nicht kalt werden lassen.«

Babsi konnte den Auflauf nicht genießen, da sie die ganze Zeit darüber nachdachte, was ihre Frau so Wichtiges verkünden wollte. Kaum hatten Hannah und Theodora den letzten Bissen vertilgt, da zog sie die leeren Teller unter ihnen weg und stellte sie in den Geschirrspüler.

»Was möchtest du denn mit uns bereden? Sollen wir hierbleiben oder ins Wohnzimmer gehen?« Mit verschränkten Armen lehnte Babsi sich gegen die Anrichte.

»Nein, wir können das hier besprechen, es wird nicht lange dauern. Ich muss danach noch weiterarbeiten«, erklärte Theodora. »Nun, es ist so: Der Graf möchte, dass Hannah und ihre Freundin wegen ihres Ausflugs in die Burgruine nicht ganz ungestraft davonkommen. Ich habe Ida mehrmals darum gebeten, mit ihm zu sprechen, aber er lässt sich nicht von seiner Meinung abbringen. Für ihn sei das eine erzieherische Maßnahme.«

Babsi schlug sich die Hand vor den Mund. Sie hatte es geahnt! Wie hatte sie auch so naiv sein und davon ausgehen können, dass das Ganze keine Folgen nach sich ziehen würde? Sicher hatte die Grafenfamilie eine ganze Armada von Rechtsanwälten, die ihr dazu geraten hatte, die beiden Mädchen anzuzeigen.

Auf Hannahs Gesicht stand das Entsetzen.

»Müssen Nele und ich jetzt ins Gefängnis?« Sie war ganz blass und starrte mit weit aufgerissenen Augen Theodora an.

»Und was jetzt? Sollte ich mir einen Anwalt nehmen?« Babsi hatte Mitleid mit ihrer Tochter. Die jungen Mädchen hatten einfach nicht nachgedacht, als sie in die Ruine eingedrungen waren. Aber sie dafür anzuzeigen? Sie war ganz wackelig auf den Beinen. Babsi zog einen Stuhl heran und setzte sich wieder.

»Nein, das wird nicht nötig sein«, beruhigte Theodora sie und schenkte ihr ein sanftes Lächeln. »Aber«, wandte sie sich an Hannah, »du und Nele, ihr solltet euch bei dem Grafen förmlich entschuldigen. Er wird außerdem eine Gegenleistung erwarten. Setzt euch schleunigst zusammen und schreibt einen Brief. Lasst mich danach aber drüberschauen, er soll ja nicht vor lauter Fehlern einen Herzinfarkt bekommen.«

Babsi seufzte erleichtert. Das klang nicht nach einer Strafanzeige. Ihr kam eine Idee. »Vielleicht haben Hannah und Nele auch etwas entdeckt, das dem Grafen gefallen könnte.« Aufmunternd nickte sie ihrer Tochter zu.

»Was meinst du?«, fragte Hannah perplex, doch ihre Miene klärte sich nach ein paar Sekunden auf und sie schien die Gedanken ihrer Mutter zu erahnen. »Du meinst den Brief?«

»Genau.«

»Welchen Brief?«, fragte Theodora. »Ach, ihr sprecht von dem altertümlich aussehenden Schreiben, das du eben gelesen hast?« Interessiert sah sie von Babsi zu Hannah.

»Wir können ihn nicht lesen und Mama kann die Schrift auch nicht entziffern.«

»Wer ist denn ›wir‹?«

»Nele und ich. Den haben wir in der Burgruine gefunden. Der ist echt uralt, fällt fast auseinander und ist total fleckig.«

»Sicher hat sich da jemand einen Scherz erlaubt«, vermutete Theodora. »So ein Brief liegt nicht einfach jahrelang in einer Ruine rum.«

»Der lag auch nicht so einfach rum, den hat Nele aus den Mauern hervorgezogen.«

Babsi sah, wie Hannah errötete, und strich ihr kurz über den Arm.

»Wir schreiben uns Briefe und verstecken sie dort in den Mauerritzen. Nele hat vor ein paar Wochen damit angefangen und mir eine Spur dorthin gelegt.«

Theodora zog die Augenbrauen hoch. »Ich frage jetzt nicht, wieso ihr im Zeitalter von Internet und Mails Briefe in einer Ruine versteckt, wo euch die

Smartphones doch quasi an die Hand gewachsen sind«, sagte sie trocken und ging zur Anrichte, wo der Brief lag.

»Der sieht ja wirklich alt aus«, stellte sie fest. »Ich glaube, meine Arbeit muss ich zurückstellen.«

Verdutzt schauten sich Babsi und ihre Tochter an.

»Ist eh nur Papierkram, der auf mich wartet.« Theodora winkte ab. »Dann versuchen wir mal, ihn zusammen zu entziffern oder zumindest festzustellen, um welche alte Schrift es sich dabei handelt. Hannah, holst du mir bitte meine Lesebrille aus dem Wohnzimmer?«

Kaum war Hannah aus der Küche verschwunden, stand Babsi auf und ging zu ihrer Frau. »Danke.« Sie hauchte Theodora einen Kuss auf die Wange.

»Wofür?«

»Dass du die Arbeit beiseiteschiebst und uns dabei hilfst, den Brief zu entschlüsseln.«

Kapitel 12 – Das Urteil

Murina zitterte am ganzen Körper. Heute war der Tag gekommen, an dem der Prozess wieder aufgenommen wurde. Wenn sich auch sonst alles

Mögliche im Untersuchungsgefängnis herumsprach, so hatte sie über die Tatortbegehung keinen Fieps aus den sonst erstaunlich gut informierten Gefangenen herausbekommen. Es war voll im Gerichtssaal, auch Sori und ihre Freundinnen waren wieder zugegen. *Nein,* korrigierte sie sich, *es ist nur eine Begleiterin an ihrer Seite.* Hatten sie sich zerstritten?

»Ruhe, bitte!«, ertönte die Stimme der Richterin Arvalis. Sie schlug mit einer Haselnuss auf das Richterpult vor ihr und das Gemurmel verstummte.

»Nach ausführlicher Begehung des Tatorts und der Aussage einer weiteren Zeugin ...« Murina schaute verwundert zu ihrer Pflichtverteidigerin auf. Eine weitere Zeugin? »... deren plausiblen Ausführungen ich mich in eigener Überzeugungsbildung in vollem Umfang anschließen kann, spreche ich folgendes Urteil im Namen des Mäusevolkes: Die Angeklagte Murina wird freigesprochen.«

Es war im wahrsten Sinne des Wortes mucksmäuschenstill im Gerichtssaal.

»Die schriftliche Urteilsbegründung wird per Fledermauspost vor Beginn der nächsten Mondphase an die Pflichtverteidigerin gesandt.«

Ernst sah die Richterin zu Sori und ihrer Begleiterin hinüber. »Eine Berufung ist nicht zugelassen. Ich ordne die sofortige Freistellung Murinas an. Die Kosten des Verfahrens sind der Kasse des Mäusestaats aufzuerlegen.« Arvalis gestikulierte in Richtung der Wächter, die die beiden Spitzmäuse zügig umzingelten.

»Maus Sori, im Gegenzug ordne ich für Sie und Ihre Begleiterin eine sofortige Verhaftung an. Sie werden verdächtigt, die Elektroleitungen im Kulturhaus beschädigt zu haben.«

»Einspruch!«, rief Sori. »Wir haben die Kabel nur für die Zahnpflege genutzt, damit unsere Zähne kurz und scharf bleiben!«

Doch Arvalis ließ sich davon nicht beeindrucken und fuhr mit erhobener Stimme fort: »Sie haben die Elektroleitungen im Kulturhaus lädiert, um es in Beschlag zu nehmen. Des Weiteren gibt es Zeuginnen, die beobachtet haben, wie Sie Käsereste, Obststücke, Putzlappen und Reste von elektronischen Zuleitungen aus dem Haus geschleppt haben. Zudem wurde eine tote Spitzmaus mit Kabelresten um den Hals gefunden – ebensolchen Kabeln, die gekappt worden sind. Ein Fremdverschulden ist anzunehmen.«

Zwei Stunden später saßen Murina und ihre Pflichtverteidigerin hinter einer Hecke im Garten des Kulturhauses und lauschten Athenas Bericht über die Ereignisse, die sich nach der Tatortbegehung der Richterin abgespielt hatten.

»Ich habe mich aus meinem Lieblingsbaum herabgleiten lassen, die Richterin abgefangen und ihr erzählt, dass du die Tat zwar begangen, aber sie bereits danach wiedergutgemacht hast.«

Athena plusterte sich ein wenig auf und fügte sich dank ihres Gefieders geschickt in die Umgebung ein. Erst nach einem prüfenden Rundumblick fuhr sie mit ihrem Bericht fort.

»Ich habe ihr erzählt, dass du damals so mutig warst, dich den jungen Frauen im Büro des Kulturhauses zu zeigen, und dass sie dir neugierig bis zur Altpapierkiste gefolgt sind.«

Murina nickte. Genauso hatte es sich zugetragen. Nachdem sie beim Lauschen erfahren hatte, dass es sich dabei um einen gesuchen Lottoschein handelte, musste sie das Papierstück ja irgendwie wieder herschaffen. »Und das hat die Richterin dir geglaubt?«

»Sie war erst skeptisch, aber ...«

»... aber damit war die Geschichte noch nicht zu Ende?«, vermutete die Pflichtverteidigerin.

»Ich habe ihr von deinem todesmutigen Sprung in die Kiste erzählt«, sprach Athena weiter. Murina war jetzt noch flau, wenn sie an den Vorfall dachte.

»Richterin Arvalis bewunderte deine Furchtlosigkeit. Und als sie hörte, wie du den Lottoschein hervorgezogen hast, mit dem sie später einen Lottogewinn geltend machen konnten, stellte sie mir gegenüber fest, dass dies deiner Rehabilitierung gleichkäme.«

Murina war überglücklich, dass ihre Freundin ihr beigestanden und die Richterin überzeugt hatte. »Eins musst du mir noch verraten«, wandte sie sich an Athena. »Wie konntest du sicher sein, dass tatsächlich Sori und ihre Freundinnen die Kabel durchnagt haben?«

»War ich nicht.« Athena zwinkerte ihr zu. »Aber die Richterin und ich waren zugegen, als die Spitzmaus und ihre Komplizinnen mit Walnüssen, Putzlappen und Kabelresten aus dem Haus geschlichen sind. Sie haben sich gestritten, wohl wegen der Begehung. Das war Anlass genug für die Richterin, das Gelände ein weiteres Mal genauer untersuchen zu lassen. Das Ratten-

Sonderkommando fand dabei auch die Mäuselei-che mit den Kabeln um den Hals.«

»Sori wusste doch, dass Arvalis zur Tatortbe-sichtigung auftaucht. Wieso hat sie sich dann zur selben Zeit dort rumgetrieben? Für so dumm hätte ich sie nicht gehalten.«

»Nein, nicht am selben Tag.« Athena schüttelte verächtlich den Kopf. »Ich konnte zusammen mit deiner Pflichtverteidigerin Richterin Arvalis dazu überreden, am Tag nach der Begehung noch einmal dort zu erscheinen und sich zu mir hier in den Busch zu gesellen. Ich habe ihr gesagt, dass ich so eine Ahnung habe, wer dahintersteckt, aber diejenige welche sich kaum zeigen wird, wenn die Rich-terin bekanntermaßen vor Ort eine Besichtigung vornimmt.«

»Genau!« Die Juristin mischte sich triumphie-rend ein. »Ich habe Arvalis bereits nach dem ersten Verhandlungstag daran erinnert, dass auch nur bei geringstem Zweifel und nach Paragraf 242 MGB …«, holte sie aus, doch Athena fuhr ihr ins Wort.

»Egal! Jedenfalls lagen am nächsten Morgen auf einmal Walnüsse im Büro. Ich habe sie durch das Fenster dort liegen sehen, als ich eine Runde um das Haus geflogen bin. Und die Info rein zufällig fallen lassen, als Sori unter meinem Lieblingsbaum herumwuselte. Das war der perfekte Köder für die Spitzmäuse, einfach zu verlockend.«

Ungläubig blinzelte Murina ihre Freundin an. »Zurzeit ist doch niemand in dem Gebäude, da der Strom nicht funktioniert. Wo kamen denn die Walnüsse her?« Dann dämmerte es ihr. »Hast du etwas damit zu tun?«

Athena wirkte mit einem Mal verlegen. »Nein, ich bin doch kein Eichhörnchen. Aber vielleicht kenne ich eins, das immer aus einem Garten ein paar Häuser weiter ganz fleißig welche auftreibt.«

»Du hast ein Eichhörnchen beauftragt, Walnüsse dort abzulegen? Deine Ideen möchte ich haben.«

»Es war kein Auftrag. Ich habe bloß ein paar Hinweise gegeben. Aber jetzt haben wir genug darüber geredet.«

»Was geschieht denn jetzt mit den elektrischen Leitungen?«

»Ich habe gehört, dass die Reparaturarbeiten nicht vor Januar beginnen.«

»Wie schade, dass der Weihnachtsbasar nicht stattfinden kann«, klagte Murina. »Zu gerne hätte ich dort etwas Leckeres für uns abgezwackt und dir von dem bunten Treiben und Gesang berichtet.« Sie hielt ihr Pfötchen in die Runde und zeigte einen glitzernden Gegenstand. »Hier, das habe ich in der Ruine gefunden, als ich mich auf den Weg nach Hause gemacht habe. Ich glaube, es gehört einem der Mädchen aus dem Kulturhaus, das ich vor ein paar Tagen hinter den Mauern gehört habe.«

»O wie schön!«, rief die Pflichtverteidigerin aus.

Athena pflichtete ihr bei: »Ein hübsches Schmuckstück.«

»Nur … Wie soll ich es zurückgeben, wo der Basar nicht stattfindet und es noch eine Weile dauert, bis das Kulturhaus wieder von dieser Hannah und ihren Freundinnen betreten werden kann?«

»Ich bin mir sicher, Athena wird auch hierfür eine Lösung parat haben, nicht wahr?«, spekulierte die Pflichtverteidigerin.

»Gebt mir Zeit zum Überlegen.« Den Rest des Abends hüllte die Eule sich in tiefes Schweigen.

Kapitel 13 - Mosaiksteinchen

»Sie ist recht gutt und hatt mitt mir geweint«, las Charlotte vor. »Undt ob meien trauerigkeit …« Sie stoppte und tippte mit ihrem behandschuhten

Finger auf eine dunkle Stelle auf dem Papier. »Hier ist die Tinte so sehr verwischt, dass wir einige Sätze beim besten Willen nicht entziffern konnten. Doch die nächsten Zeilen sind wieder deutlich lesbar.« Sie hielt den Brief gegen das Licht und Ida linste ihr über die Schulter.

»Die gutte Princes Agatha erweist mir alle freündschaft, daß ich sie auch darum gantz lieb habe«, beendete Charlotte ihre Transkription des Briefes der Gräfin Ernestine von Burg Sturmstein, den diese Ende des 17. Jahrhunderts verfasst hatte – wie sie inzwischen wussten.

»Halt, es gibt noch ein PS, in welchem die Gräfin betont, dass sie ›der post nicht alles vertrawen‹ könne.«

»Eine wahre Kostbarkeit, die die Mädchen in der Ruine gefunden haben. Du hast den Brief gewiss auf seine Echtheit hin überprüfen lassen?«, erkundigte sich Idas Vater, der Graf von Bergfels-Blumenheide.

»Selbstverständlich. Sonst hätte ich mir gar nicht die Mühe gemacht, das Schreiben zu transkribieren«, versicherte sie ihrem Schwiegervater. »Ich habe drei Spezialisten der Frühen Neuzeit und einen Mediävisten kontaktiert und um deren

Einschätzung gebeten, da ich den Brief zeitlich zunächst nicht genau einordnen konnte. Erst spät hat Ida eine Datumsangabe entdeckt.«

Das war ihr Stichwort und Ida nickte. »Sie wurde raffiniert mit lauter Schnörkeln in die Signatur unserer Vorfahrin eingearbeitet. Tatsächlich hat Charlotte bei Recherchen in unserem Archiv zwei weitere Briefe entdeckt, die auf die enge Freundschaft zwischen der Gräfin und der Prinzessin hinweisen. Sie haben beide nie geheiratet, obwohl der Druck groß gewesen sein muss. Damit hätte ihren Familien der Zutritt zu den großen Palästen der Welt offen gestanden. An Bewerbern hat es jedenfalls nicht gemangelt. Dieses Schreiben war genau das Mosaiksteinchen, der Beweis ihrer Liebe zueinander, der gefehlt hat.«

Ihr Vater schmunzelte. »Somit bist du, Flordelis«, er nannte Ida zumeist bei ihrem ersten Vornamen, »nicht die Erste in der Familie, die einer Frau die Hand gereicht und deren Bett geteilt hat.«

Natürlich vermied der Graf es geschickt, seine Ahnin oder Tochter als lesbisch zu bezeichnen.

Ida schob den Gedanken beiseite und legte einen Finger unter ihr Kinn. »Es wäre zu schade, würde der Brief in unserem Archiv versauern. Wir könnten ihn nach der Sanierung von Burg Sturmstein dort der Öffentlichkeit präsentieren.«

»Und wir sollten unbedingt einen Abdruck des Briefes den örtlichen Schulen zur Verfügung stellen! Das wäre doch was Spannendes für den Deutsch- oder Geschichtsunterricht«, regte Charlotte an. »Es wird den Schülerinnen und Schülern bestimmt Spaß machen, den Brief zu entziffern und etwas über das Leben in der Burg zu erfahren.«

Auf Idas Gesicht legte sich ein Strahlen und ihr Vater nickte. »Das ist eine tolle Idee.«

Kapitel 14 - Rätselraten

Es war zum Verrücktwerden. Vor zwei Tagen hatte Babsi eine ganze Armada an Walnussplätzchen in Tüten verpackt und die Keksdose bis zum Rand gefüllt, doch heute schien der Vorrat auf seltsame Weise zusammengeschrumpft. Unwillkürlich musste sie an die Walnüsse denken, die seinerzeit aus Theodoras Garten verschwunden waren. Als Dieb hatte sich ein kleines Eichhörnchen herausgestellt. Hatte Theodora ein paar Tüten zur Arbeit mitgenommen?

Sie schüttelte den Kopf. Nein, normalerweise hätte Thealein vorher gefragt, anstatt sich einfach an den festlich verpackten Keksen zu bedienen. Sie musste Hannah fragen, ob sie einen Schwung der Tüten zur Schule mitgenommen hatte. Wenn sie denn mal wieder zu Hause und ansprechbar war und nicht gleich auf ihr Zimmer verschwand. Schon komisch. Aus dem Kind war in den letzten Tagen rein gar nichts rauszukriegen.

Dabei hätte Babsi schon gerne gewusst, welche Strafarbeit sich die Grafenfamilie für Nele und ihre Tochter ausgedacht hatte! Gut zwei Drittel der vom Grafen eingeforderten Zeit waren überstanden. Babsi hatte eigentlich gedacht, ihre Tochter wäre ein wenig mitteilungsbedürftiger.

»War anstrengend. Die Gräfin ist ganz nett, ich bin aber müde und will nur noch schlafen«, knurrte Hannah jedes Mal so oder ähnlich nach getaner Arbeit. Ihr kam kein Wort der Empörung über die Lippen, kein Meckern. Was war das für eine Tätigkeit, die ihrer Tochter auferlegt worden war?

Kapitel 15 – Verdammt großzügig

Dicke Schneeflocken rieselten auf die Mauern von Burgruine Sturmstein und Babsi wäre lieber zu Hause geblieben. Die Fahrt durch die verschneiten Straßen war ein Abenteuer und alle Menschen der

Stadt schien es gleichzeitig zum Zitadellenpark und zur Burgruine zu ziehen, denn es gab kaum noch einen freien Parkplatz.

»So kenne ich dich gar nicht. Sonst bin ich diejenige, die nicht aus dem Haus will«, beschwerte sich Theodora.

»Ich kann mir einfach nicht vorstellen, dass der Weihnachtsmarkt vor der Burgruine mit dem von Schloss Bergfels mithalten kann. Wer organisiert unseren überhaupt? Sei mir nicht böse, aber eine Wiedergutmachung für unsere ausgefallene Reise nach Bergfels wird das hier nicht sein. Sicher stehen da nur zwei Hütten mit billigem Glühwein und einer Horde Männer vom Fußballverein drum herum.«

»Nun sei nicht so pessimistisch und hilf mir lieber dabei, meine Fotoausrüstung zu tragen.«

»Du bist dir sicher, dass es sich lohnt, das Zeug mitzuschleppen und Fotos zu schießen?«

Widerstrebend griff Babsi sich eine der Kamerataschen. Missmutig schaute sie auf den schneereichen Pfad, um nicht auszurutschen und stolperte ihrer Frau hinterher. Theodora lief bereits mit ausholenden Schritten in Richtung der Burgruine. Abrupt blieb sie stehen.

»Uff! Was ist denn jetzt? Kannst du nicht ...«, schimpfte Babsi drauflos, verstummte jedoch, als sie den Blick nach vorne richtete. Viele kleine Holzbuden standen weihnachtlich geschmückt auf dem Vorplatz und ein Streichquartett und zwei Hornbläser stimmten ihre Instrumente in einem Unterstand ein. Sie hatten sich vor einem Heizstrahler platziert, wohl um die Instrumente vor der Kälte zu schützen. Und aus einer kleinen Hütte strömte der Geruch nach gebrannten Mandeln, Kastanien und Punsch zu ihnen herüber.

»Erstklassig.« Theodora drehte sich zu ihrer Frau um. »Einfach unglaublich, was Ida sich hat einfallen lassen, nicht wahr? Und guck mal, wie die Burg angeleuchtet wird!«

Gelblich schimmerndes Licht ließ die Ruine erstrahlen. Vor ein paar Wochen hatte Babsi sich erträumt, hinter den Mauern von Sturmstein an einem gedeckten Tisch zu sitzen – und jetzt wirkte alles so wunderbar lebendig! Ihre schlechte Laune war verflogen.

»Theodora!«, rief eine Stimme. »Wir sind hier!«

»Ida! Charlotte!« Freudestrahlend eilte ihre Frau den beiden Frauen entgegen und zog Babsi hinter sich her.

»Babsi, darf ich vorstellen? Das sind Ida und Charlotte.«

Sprach Theodora wirklich von *der Ida*? Von der langjährigen Freundin, die nebenbei noch Gräfin war und deren Familie diese Burgruine gehörte? Babsi war ein kleines bisschen enttäuscht, als sie die Gräfin beäugte. Diese steckte in einem sicher teuren, aber einfach aussehenden Parka und hielt die Ohren mit einem selbst gestrickten Stirnband bedeckt, das Babsi irgendwie bekannt vorkam.

»Hallo«, begrüßte sie die beiden Frauen mit einem möglichst freundlichen Lächeln. »Wie schön, dass wir uns endlich persönlich kennenlernen.« Sie schüttelte ihnen die Hände und musterte das Paar.

Ich hätte doch lieber meinen Wintermantel anziehen und nicht in dieser alten Daunenjacke hierherkommen sollen, schoss es ihr durch den Kopf.

»Guckt mal, was ich mir am Stand von Hannah und Nele gekauft habe!« Ida drehte sich im Kreis und zupfte am Rand des Stirnbands, als würde es sich um einen edlen Hut handeln.

»Hannah und Nele?« Babsi guckte erstaunt in die Runde. »Sie sind auch hier? Ich dachte, sie wären unterwegs zu irgendeinem auswärtigen Weihnachtsmarkt.«

Theodora nickte und schien sich diebisch zu freuen. »Stimmt. Auswärtig im Sinne von … am Rande der Stadt bei der Burgruine. Mit ihren Freundinnen und ein paar Frauen vom Kulturhaus. Ida hat ihnen eine kleine Hütte und zwei überdachte Stände für ihre Basarartikel gestellt.«

»Dort in der Ecke, lasst uns zu ihr gehen«, schob Ida nach.

»Das ist aber verdammt nobel. Eine wirkliche Strafarbeit ist das nicht, die dein Vater den Mädchen da aufgebürdet hat«, bemerkte Babsi.

»Generös«, bestätigte Theodora.

»Sagen wir mal so: Das Heranschaffen und der Aufbau der Dekorationen und einiger Verkaufsartikel waren durchaus eine kräftezehrende Aufgabe für die Mädchen und kein Zuckerschlecken.« Ida zwinkerte. »Dazu kommt die abwechselnde Betreuung ihrer Verkaufsstände während der gesamten Marktzeit.«

»Sie sollten dir nichts davon erzählen.« Theodora rang ihre Hände. »Als ich nach dem Ausflug der Mädchen mit Ida telefoniert habe, erzählte sie mir von ihren Plänen, hier einen Weihnachtsmarkt zu veranstalten. Aber ich wollte, dass es wenigstens für dich eine Überraschung bleibt.«

»Ihr habt das alles geplant und organisiert und vor mir verheimlicht? Gibt's denn so was?« Babsi wurde ganz warm ums Herz. »Ich hab nicht die Bohne davon geahnt. Ich könnt euch alle knuddeln.«

»Jetzt aber los!«, drängte Theodora. »Die beiden warten schon.«

Babsi ließ sich nicht zweimal bitten und flugs erreichten sie die kleine Hütte, wo ihre Tochter und Nele hinter einem Tisch mit selbst gebastelten Kerzenständern, gestrickten Handschuhen und Stirnbändern sowie mit weihnachtlichen Motiven bemalten Steinen standen.

»Überraschung!«, riefen sie ihnen entgegen und Babsi rieb sich verwundert die Augen. Ihre Tochter hüpfte aufgeregt wie ein kleines Mädchen auf und ab.

Neugierig bestaunte Babsi die Geschenkartikel auf dem Tisch. Die Walnussplätzchen, die in kleinen durchsichtigen Tütchen verkauft wurden, sahen denen, die sie letztes Wochenende gebacken hatte, erstaunlich ähnlich. Sie musste zugeben, dass sie sich hinter einem Dekoteller mit Nüssen und gebastelten Papiersternchen vorzüglich präsentierten.

»Guckt doch mal!«, rief Nele aus.

»Ha! Da! Ich hab's doch gesagt: Die Maus ist hier.« Hannah zeigte auf eine kleine Ritze in der Holzhütte.

Theodora trat sofort näher. »Oh ja, tatsächlich.«

Babsi hätte schreiend weglaufen können. Doch auf keinen Fall wollte sie vor den ganzen Leuten auf dem Weihnachtsmarkt ihre Angst zeigen.

»Sind das wirklich Mäuseöhrchen, die aus der Lücke gucken?«, fragte Charlotte neugierig. »Bei dem ganzen Trubel?«

Hannah und Nele gackerten los und Theodora stieß Babsi mit einem neckischen Lächeln an.

»Liebling, du solltest dein Gesicht sehen. Als ob sich in dem Menschengetümmel hier Mäuse blicken lassen würden.«

»Mama, nee, echt? Du hast uns das geglaubt?«

Bei all den fröhlichen Gesichtern um sich herum konnte Babsi nicht böse sein. Auch wenn sie meinte, dort wahrhaftig eine kleine weghuschende Gestalt gesehen zu haben. Bevor sie sich jedoch dazu äußern konnte, zupfte Nele aufgeregt an Hannahs Ärmel.

»Ich werd verrückt! Siehst du, was da unten liegt?« Damit zog sie alle Aufmerksamkeit zum

Fußboden und Babsis Tochter stieß einen leisen Schrei aus.

»Mein Ohrring! Wie kommt der denn hierher?«

»Der war wohl irgendwo in deiner Jackentasche vergraben und ist gerade rausgefallen«, schätzte Babsi. Was hatte sie nicht schon alles vor dem Wäschewaschen aus den Hosen und Jacken ihrer Tochter gefischt!

Charlotte und Ida nickten einander zu. »Hannah, Nele, können eure Freundinnen einen Moment den Stand im Auge behalten? Wir möchten euch etwas zeigen.«

»Klar«, antwortete Hannah. »Sollen wir noch irgendwo helfen?«

»Nein, kommt mit!«, sagte Ida und forderte auch Babsi und Theodora auf, sich ihnen anzuschließen. Sie gingen zu einer Überdachung, unter welcher ein Glaskasten stand. Daneben postierte ein Mann in Security-Kleidung.

»Wir haben noch eine Überraschung.« Charlotte zeigte auf einen Brief im Inneren der gläsernen Box.

Hannah klappte die Kinnlade herunter.

»Das ist der Brief, den wir in der Burg gefunden haben.«

»Siehst du das daneben? Irgendjemand konnte das wohl lesen.« Begeistert wies Nele mit dem Finger auf eine Transkription des Textes.

»Warte, ich mach ein Foto davon.«

»Das müsst ihr nicht.« Charlotte drückte jedem Mädchen ein kleines Heftchen in die Hand. »Ihr könnt den Inhalt des Briefes später in Ruhe lesen.«

Aber die beiden Freundinnen hatten längst die Seiten aufgeschlagen und überflogen die Zeilen. Mit roten Wangen blickte Hannah auf und schaute zu Nele herüber.

»Da haben sich vor vielen Jahren schon mal zwei Freundinnen Briefe in die Mauerritzen gesteckt«, mutmaßte sie.

»Nein.« Charlotte lachte auf. »Ganz so war es nicht, aber das könnt ihr selbst herausfinden.«

»Ich hab's: Die hatten ein Rendezvous mit der Burgruine«, hörte Babsi ihre Tochter in Neles Ohr flüstern.

»Wenn schon, dann mit der *Burg*«, erwiderte Nele leise. »Damals war das wohl noch keine Ruine.«

Babsi wollte nicht lauschen oder starren. Nein, wirklich nicht! Sie gönnte den Freundinnen, die ein wirklich niedliches Pärchen abgaben, den intimen

Augenblick und die Freude über den Fund, den sie in der Ruine gemacht hatten. Trotzdem schaute sie auf einmal in die Augen ihrer Tochter und konnte sich nicht schnell genug abwenden. Hannah waren das Lauschen und die Blicke ihrer Mutter nicht entgangen. Hastig rückte sie von Nele ab und wedelte geschäftig mit dem kleinen Band herum.

»Mama, kannst du mein Heft mit nach Hause nehmen, bevor es hier verschwindet? Der Markt geht doch bis abends.« Hannah hielt ihrer Mutter das Geschenk entgegen.

»Ja, bitte, Frau Foehr, können sie meins auch mitnehmen?«, schloss sich Nele an.

»Halt, wartet, lasst mich noch ein Foto von euch und dem Brief machen. Ida, stellst du dich zu ihnen? Dass zwei Mädchen in unserer Burgruine den Brief einer Adeligen gefunden haben, wird eine wunderbare Anekdote für meine Fotostory.« Geschickt platzierte Theodora ihre Fotomodelle um das ausgestellte Schriftstück und knipste sie aus mehreren Winkeln.

»O weh, ich glaube, wir sollten Emilia und Laura jetzt wirklich helfen«, bemerkte Nele, kaum dass Theodora mit dem Fotografieren fertig war. Sie zeigte zu den anderen Freundinnen an ihrem

Stand. »Schau mal, wie viele Leute vor unseren Basteleien stehen.« Erneut rüttelte sie an Hannahs Arm. »Da ist ordentlich was los. Und Luna guckt ganz angestrengt zu uns rüber.«

»Geht nur. Ich komme später bei euch am Stand vorbei und nehme eure Hefte mit. Die beiden können Unterstützung gebrauchen, lasst sie nicht warten«, riet Babsi den Mädchen, die nun eilig zu ihren Freundinnen zurückliefen.

»Ich hole uns allen einen Punsch und ihr schaut nach einem Sitzplatz auf den Bänken«, schlug Theodora vor. »Gleich hält mein Vater die Eröffnungsrede und danach beginnen die Musiker mit ihrem Konzert.«

Eine Weile später genossen sie das warme Getränk, applaudierten dem Grafen nach seinem unterhaltsamen Grußwort an die zahlreich erschienen Marktgäste und lauschten den Weihnachtsliedern. Zum Abschluss des kleinen Konzertes spielten die Künstler *Stille Nacht* und der größte Teil des Publikums summte leise mit. Babsi kuschelte sich an Theodora und raunte ihr ins Ohr: »Auch wenn ich Idas Heimatort nicht kenne … Das hier ist mindestens genauso schön wie ein Urlaub in Bergfels. Ich nehme zurück, was ich vorhin über unseren Weihnachtsmarkt gesagt habe.«

»Kannst du dich noch an unseren Spaziergang hier vor ein paar Wochen erinnern?«

»Hm? Sicher kann ich das. Wieso?«

»Auch da hast du etwas gesagt, was du korrigieren müsstest.« Theodora schmunzelte. »Oder bist du immer noch der festen Überzeugung, dass sich hinter den Mauern von Burg Sturmstein keine Dramen abgespielt haben?«

»Du hast recht«, gab Babsi zu. »Der Brief, den Hannah und Nele gefunden haben, ist der Beweis, dass sich so einiges hier ereignet haben muss.«

Hinter einer Mauerspalte der Burgruine hockten Murina und Athena. Vor ihnen lag eine zerrissene Tüte mit Walnussplätzchen und sie genossen das muntere Treiben. Sie saßen weit genug entfernt, um die empfindlichen Ohren vor den hohen Tönen der Streichinstrumente zu schützen, doch wenn Murina sich tüchtig anstrengte, konnte sie ganz entfernt, aus den Untiefen des Gemäuers, das angsteinflößende Brüllen der Gefängniswächter vernehmen. Die Erinnerungen an die Zeit in der Ruine würden ihr ewig im Gedächtnis bleiben.

Hier oben aber, an der Seite ihrer Eulenfreundin, fühlte sie sich sicher und geborgen. Die verlockenden Düfte, die herüberwehten, und die köstlichen Kekse, die sie flink vom Stand der Mädchen beschafft hatte, machten die schlechte Zeit allemal wett. So war sie gestärkt für alle Aufgaben und Ereignisse, die im Kulturhaus auf sie warteten. Und wenn es nur mal wieder einen verlorenen Ohrring aufzuspüren galt.

Danksagung

Auch dieser Band hätte ohne das Zutun meiner treuen Testleserinnen Stefanie und Uschi sowie meiner Frau Petra nicht erscheinen können.

Senta Herrmann hat das Lektorat und Korrektorat übernommen, wodurch mein Manuskript die Wandlung in eine lesbare Kurzgeschichte vollziehen konnte.

Ich kann Euch allen gar nicht genug danken!

Ein herzliches Dankeschön möchte ich auch an alle richten, die seit meiner ersten Veröffentlichung die Abenteuer meiner Protagonistinnen verfolgt haben.

Wenn Euch diese Kurzgeschichte gefallen hat, würde ich mich über eine kleine Bewertung oder Rezension auf einem der zahlreichen Portale sehr freuen!

Ebenfalls von Claudia Haase bei BoD erschienen:

Walnussplätzchen unterm Weihnachtsbaum
Zu gern möchte Theodora die Adventszeit und den Heiligabend ruhig zu Hause verbringen. Allein. Doch es kommt alles anders, denn ihre neue Mieterin zieht Ende November mitsamt Tochter ein. Und von da an verschwinden auf einmal die Walnüsse von der Terrasse. Wer wohl dafür verantwortlich ist? Zudem scheinen Mutter und Kind die Vorweihnachtszeit ausgiebig zu zelebrieren. Theodora wird klar: Sie muss sie so schnell wie möglich wieder loswerden. Doch bald schon wird sie, mehr als ihr lieb ist, in den Alltag der beiden mit einbezogen.
Booklet, 44 Seiten, ISBN-13: 9783751995269
E-Book: ISBN-13: 9783752632729

Athena und Murina. Eine vorweihnachtliche Geschichte rund um das Lesbenberatungstelefon im Kulturhaus für Frauen und Mädchen
Die Eule Athena und ihre Freundin, Murina die Maus, verfolgen regelmäßig das Treiben der ehrenamtlich tätigen Frauen des Lesbenberatungstelefons. Kurz vor Weihnachten flattert eine furchtbare Nachricht ins Haus: Die Behörde zahlt die Büromiete nicht mehr! Ist die Infoline noch zu retten? Wie können die Frauen die Öffentlichkeit um Hilfe bitten? Und welche Rolle spielen dabei Athena und Murina?
Booklet, 24 Seiten, ISBN-13: 9783752605129
E-Book: ISBN-13: 9783752697162

Weihnachten im Schloss

Charlotte Weinhold ist studierte Historikerin und strebt den Abschluss ihrer Dissertation an. Ihr Verdienst bei einer Zeitung hält sie knapp über Wasser. Als der Chefredakteur Insider-News über die Grafenfamilie von Bergfels-Blumenheide fordert, über die sie ihre Doktorarbeit schreibt, sieht sie darin die Chance, gleichzeitig an bisher unveröffentlichte Dokumente zu gelangen. In Bergfels eingetroffen, kommt sie unverhofft zu einem Job im einzigen Café des Ortes, deren Besitzerin nicht nur anziehend, sondern zufällig auch die beste Freundin der öffentlichkeitsscheuen Tochter des Grafen ist. Welch einmalige Gelegenheit, um ohne großen Aufwand an die gewünschten Interna der Grafenfamilie zu gelangen!

Ida pfeift auf ihren Grafentitel. Sie wohnt in einer Stadtwohnung und arbeitet für eine gemeinnützige Kinderhilfsorganisation. Als ihr Vater sie darum bittet, an seiner Stelle eine Archivführung im Schloss zu übernehmen, stimmt sie zu. So hat sie ein Druckmittel in der Hand, um ausnahmsweise die nahenden Weihnachtsfeiertage fernab der gräflichen Sippe verbringen zu können.

Doch alles kommt ganz anders, als die beiden es sich vorgestellt haben ...

Paperback, 102 Seiten, ISBN-13: 9783754346938
E-Book: ISBN-13: 9783755703143

Zudem erscheint demnächst die englische Übersetzung von *„Walnussplätzchen unterm Weihnachtsbaum"* als Paperback und E-Book:

What's Christmas Without Walnut Cookies?

Theodora wanted to spend the lead-up to the holidays and Christmas Eve quietly at home. Alone. But everything turns out differently, because her new tenant moved in with her teenage daughter at the end of November. And from then on, Theodora's highly appreciated walnuts suddenly disappear from the terrace. Who could be responsible for this? The mother and teenager seem to celebrate the pre-Christmas season extensively. At that point, Theodora realized she must get rid of them as quickly as possible. But soon after she became involved in their daily lives, more than she could ever have imagined.

Paperback (in print), ISBN-13: 9783756844487